Tim Krabbé **Das goldene Ei**

Tim Krabbé

Das goldene Ei

Roman

Aus dem Niederländischen
übersetzt
von Susanne George

RECLAM
LEIPZIG

Originaltitel: Het gouden ei

Originalverlag: Prometheus/Bert Bakker, Amsterdam

Besuchen Sie uns im Internet:

www.reclam.de

1. Auflage, 2004

Umschlaggestaltung: Simin Bazargani

unter Verwendung einer Fotografie von VISUM Foto

Autorenfoto Umschlagklappe: privat

Gesetzt aus Rotis serif

Satz: Reclam Verlag Leipzig

Druck und Bindung: Ebner & Spiegel, Ulm

Printed in Germany

ISBN 3-379-00814-1

1

Gleichmäßig wie Raumschiffe bewegten sich die Kabinen mit Touristen auf der langen, breiten Straße nach Süden. Der Abend begann die hügeligen Landschaften an der Autoroute du Soleil violett zu färben, das Band der Autos lichtete sich. Rex Hofman und Saskia Ehlvest waren schon zehn Stunden unterwegs und noch ungefähr eine Stunde vom Ziel ihrer ersten Etappe entfernt, einem Hotel in Nuits St. Georges, nicht weit von Dijon. Das lag zwar etwas neben der eigentlich logischen Route, aber Saskia fand, daß der Namen den kleinen Umweg wert war.

Das Reiseziel war ein Häuschen in den Bergen über dem Mittelmeer bei Hyères, und so weit waren sie auch schon an einem Tag gefahren, doch diesmal waren sie häufig auf Landstraßen geblieben, und statt die Périphérique zu nehmen, waren sie quer durch Paris gefahren und hatten, irgendwann vom Weg abgekommen, in einem Straßencafé etwas getrunken. »Es ist viel schöner, wenn man sieht, wie sich das Lokalkolorit langsam verändert«, hatte Saskia gesagt.

»Das Lokalkolorit springt immer gerade dann auf Rot, wenn wir uns ihm nähern«, dachte Rex, aber zu seiner eigenen Überraschung sagte er es nicht.

Aber es war warm und noch weit, und in der letzten Stunde war die Stimmung doch etwas gereizt gewesen. Als Saskia innerhalb von zehn Minuten zweimal ihr Strickzeug zur Seite legen mußte, weil Rex eine Apfelsine geschält haben wollte, ließ sie die zweite auf den Boden fallen.

»Ooh! Hingefallen!« sagte sie.

Er verdächtigte sie der Absicht, schwieg aber. Vielleicht machte er auch übertriebenen Gebrauch von seinen Rechten als Fahrer, um ihr unter die Nase zu reiben, daß sie nie fuhr. Er hatte ihre Fahrstunden bezahlt, aber nach der Prüfung hatte sie sich so gut wie nie mehr ans Steuer gesetzt, wie sehr er sie auch drängte. Rex fand das schade, er hatte von weiten Reisen mit langen Nächten geträumt, in denen sie sich am Steuer ablösten.

Sie beugte sich über das Armaturenbrett.

»Was machst du?«

»Ich guck mal nach dem Benzin.«

»Wir haben gerade getankt.«

»Ich guck ja auch nur.«

Die Benzinuhr in Rex' Auto war kaputt. Das war sie vor drei Jahren auch schon gewesen, als sie zum ersten Mal gemeinsam im Urlaub waren. Eines Abends war er achtlos an der letzten Tankstelle vorbeigefahren, hatte geschworen, sie hätten noch genug drin, um das Hotel zu erreichen – und Saskia hatte drei Stunden auf einer stockdunklen italienischen Landstraße warten müssen, bis er mit dem Reservekanister zurück war. Seitdem haftete ein magnetischer Notizblock am Armaturenbrett, um den Kilometerstand festzuhalten: Geschenk von Saskia. Während des Urlaubs machte sie das selbst: Drei Zahlen in ihrer Handschrift standen schon wieder darauf. Die zeigten, daß Nuits St. Georges zur Not ohne Tankstopp erreichbar wäre, und außerdem lag der Reservekanister immer noch hinten drin, aber es stimmte: Man war an so einem ersten Urlaubstag stets ein wenig unruhig. Es gab so viel, was schiefgehen konnte: War die Hotelreservierung auch angekommen, fielen die Fahrräder nicht vom Dach, gab es das gemietete Häuschen überhaupt?

»Warum setzt du dich nicht selbst ans Steuer? Dann kannst du den Kilometerzähler viel besser sehen.« Das dachte Rex, und er dachte auch: »Laß mich das jetzt nicht sagen«, aber er sagte es doch.
Verletzt fuhr sie ihn an. »Ich will einfach nicht noch einmal ohne Benzin dastehen, wenn du nichts dagegen hast.«
»Es ist bestimmt noch genug drin, um nach Amsterdam zurückzufahren«, sagte Rex.
Saskia pfiff ein paar Takte und schaute aus dem Seitenfenster.

Über einer Böschung ragte wie ein seltsames, weißes Schloß eine Tankstelle empor, angekündigt von einem Schild: TOTAL 900 Meter. Nächste Tankmöglichkeit: FINA, 49 Kilometer. FINA würde reichen, aber die TOTAL-Tankstelle stand da wie ein nicht zu umfahrender Streitherd.
Sie sagten nichts.
Im allerletzten Moment bog Rex in die Tankstelleneinfahrt ein. Er war nicht einmal mit dem Tempo heruntergegangen, um es so unerwartet wie möglich zu machen. »Gott, wie albern«, dachte er. Aus dem äußersten Winkel

seines rechten Auges versuchte er zu sehen, wie Saskia reagierte. Sie preßte die Lippen aufeinander und machte große Augen, ein Clownsgesicht, das eine feste Bedeutung zwischen ihnen hatte: Versöhnungsangebot.

Sie sahen sich an und lachten.

»Peace?« sagte sie, zwei Finger zu einem V erhoben.

»Peace.«

»Na, dann werde ich die Gelegenheit nutzen und kurz pinkeln gehen.«

Er hatte schon ohne zu tanken weiterfahren wollen, aber jetzt stellte er sich in die kürzeste Reihe: Alle Zapfsäulen waren besetzt. Saskia gab ihm einen Kuß und stieg aus.

»Wie ich sie doch liebe«, dachte er, während sie mit ihrem Korb am Arm durch die automatischen Glastüren im Serviceshop verschwand. Auf seinem Gesicht erschien ein Lächeln, das er sich schnell im Rückspiegel ansah, als wäre es ein Geschenk von ihr. Er konnte es nach vier Jahren immer noch nicht glauben, daß sie wirklich zu ihm gehörte.

Dieses kindische Gezänk, gerade darin äußerte sich ihre Verbundenheit, sie gaben sich ihm hin, um zu spüren, wie sehr sie sich liebten, wie Reiche, die mit Geld um sich werfen. In einer Stunde würden sie in Nuits St. Georges zusammen in der Badewanne sitzen.

Auch jetzt noch, um zehn nach sieben, herrschte unter dem Dach der Tankstelle ein heilloses Durcheinander, mit auf dem Boden herumflatternden Eispapierchen, Wohnwagen, Männern in Turnhosen und hochgerutschten T-Shirts, einer Ente mit einem Kanu namens »Queen Elizabeth« auf dem Dach. Als Rex an die Zapfsäule vorziehen konnte, hätte er beinahe ein kleines vietnamesisches Mädchen überfahren, das eine Ente auf Rädern hinter sich herzog.

Die automatischen Türen wurden von der buntgemischten Gesellschaft in ständiger Bewegung gehalten, allen war nur eins gemein: Die TOTAL-Tankstelle war für niemanden das Reiseziel. Ein Schwarzer im afrikanischen Überwurf schaute sich suchend um, während er zwei Eistüten an ihren Spitzen hochhielt, ein Mann mit einer Armschlinge lehnte an der gläsernen Wand des Ladens und kratzte sich mit der gesunden Hand am Kopf, ein Vater machte ein Foto von einem Mädchen und einem Jungen mit Reklamemützen von RICARD. Und da, gerade als Rex bezahlt hatte, tauchte hinter der Glasscheibe auch schon wieder Saskias rotgefärbter Zottelkopf auf.

Gleichzeitig setzten sie sich in den Wagen. Saskia sah auf den Kilometerzähler und notierte den Stand auf dem Notizblock. Sie schrieb länger als nötig, und als sie fertig war, las Rex: *512 (!!!!) Ein bißchen früh! Aber, na ja!* Er küßte sie über dem Ohr und fuhr an: Jetzt in einem Rutsch nach Nuits St. Georges.

Aber Saskia sagte: »Sollen wir hier noch ein bißchen ausruhen? Das wird dir guttun. He ja, wir sollten langsam und gemütlich fahren.«

Am liebsten wäre Rex jetzt wirklich durchgefahren, aber es war nicht der Moment, ihre guten Absichten unbeachtet zu lassen. Er parkte bei einem Abfalleimer am äußersten Ende der großen Wiese, die zur Tankstelle gehörte.

Saskia leerte die Tragetasche voller Schalen in den Abfalleimer, und sie warfen und kickten eine Weile mit dem Ball, den sie extra gekauft hatte, um die Steifheit vom Fahren zu vertreiben. Danach gingen sie Arm in Arm zu dem Zaun, der die Wiese begrenzte, und setzten sich auf eine Art kleinen Wall.

Dahinter lag eine wilde Müllkippe.

»Nicht gerade eine Erquickung an einem rauschenden Bergbach«, sagte Saskia. Flaschendeckel und Zigaretten-

schachteln bildeten quer über die Wiese bis zur Tankstelle eine wahre Milchstraße.
Sie saßen eine Weile schweigend nebeneinander. Das Licht wurde bereits schwächer. Durch eine Hecke war der Strom der Autos auf der Straße zu sehen: Man konnte sich vorstellen, daß man von diesem Platz aus ewig Autos vorbeigleiten sehen konnte.
»He, ich liebe dich«, sagte Saskia. Die großen roten Buchstaben TOTAL auf dem Dach über den Zapfsäulen bildeten eine Plastikkrone auf ihrem Kopf.
»Ich dich auch.«
»Und wir werden einen sehr schönen Urlaub haben.«
»Ja. Ja, das glaube ich auch.«
»Sollen wir hier eine Münze verstecken?«
»Ja.«
Rex öffnete sein Portemonnaie und gab Saskia einen Franc. Sie nahm einen eigenen dazu und schüttelte die Münzen in der hohlen Hand, so daß sie nicht mehr wußten, welche von wem war. Dann suchte sie einen Zaunpfahl aus und steckte die Münzen Seite an Seite in einen Spalt neben dem Betonfuß. Die Ränder blieben sichtbar. Rex bedeckte sie mit einem großen Kieselstein.

Er zählte; es war der achte Pfahl vom Ende des Zauns aus. Ein Lächeln erschien auf seinem Gesicht: Acht war ihre Glückszahl. Rosen waren am schönsten, wenn es acht waren, und sie bedauerte es, daß er nicht ein Jahr jünger war – dann wären sie acht Jahre auseinander.
Rex umarmte sie, sie blieben eine Zeitlang so stehen.
»Und ich werde jetzt fahren«, sagte Saskia. »In Ordnung?«
»In Ordnung«, sagte Rex.
Er würde nichts Sarkastisches sagen, er hoffte inständig, daß nichts an ihm sarkastisch *wirkte.*
»Aber erst habe ich noch Lust auf etwas Kaltes zu trinken. Du nicht? Ich geh mir was holen, soll ich dir auch was mitbringen?«
»Laß mich dann eben gehen.«
»Nein, ich mach das gern. Ich lade dich ein. Soll ich dir ein Bier mitbringen? Du mußt ja jetzt nicht mehr fahren.«
»Ja, prima.«
»Und gib mir schon mal die Schlüssel. Dann gewöhne ich mich schon ein bißchen daran.«
Rex gab ihr seinen Bund mit dem abgeschabten Leder, an dem einmal ein Anhänger gewesen war, und Saskia ging

über die Milchstraße zurück zur Tankstelle. Er schaute ihr nach, ihrer weißen Jeans und dem goldbestickten gelben Pullover. Sie trug oft Pullover mit tiefem Rückenausschnitt, vielleicht, weil er einmal gesagt hatte, daß er ihren Rücken das Schönste an ihrem Körper fand: widerborstig, verletzlich und voller Sommersprossen.
»Hast du überhaupt Geld?« rief er ihr nach.
Sie drehte sich um und hielt ihre kleine Tasche hoch.
»Ah ja.« Er hob kurz die Hand, und Saskia ging weiter.
Als er das nächste Mal aufschaute, war sie verschwunden.
Er hüpfte ein wenig herum, trabte ein paar Runden auf der Wiese und setzte sich wieder. »Peace-pinkeln«, »schon mal an den Schlüssel gewöhnen« ... »Zicke«, dachte er. Es war nun schon das vierte oder fünfte Mal, daß sie gemeinsam Münzen vergruben, und mindestens dreimal hatte er ihr mitten ins Gesicht gedacht: »Schaumschlägerin«. Aber es war nicht so, daß er ihre Merkwürdigkeiten bloß erduldete, sie waren zugleich auch der Grund für seine Liebe. Wie war das möglich?
Eines Morgens, als sie noch schlief, hatte er ihre Tasche aufgemacht und eine Zweieinhalb-Gulden-Münze aus ihrem Portemonnaie genommen. Zitternd und zugleich

fasziniert von seiner Schlechtigkeit, hatte er mit der Münze in der Hand dagestanden – und sie nicht wieder zurückgetan. Ein anderes Mal brauchte er ein Zitat aus einem Buch, das er nicht gleich finden konnte und von dem er wußte, daß sie es auch hatte. Während er ihre Nummer wählte, fiel ihm gerade noch ein, wo sein Exemplar lag – aber später hatte er sie doch angerufen. Und während sie die Passage zum Mitschreiben vorlas und er in seinem aufgeschlagenen Buch mitlas, hatte er eine schaurige Wollust verspürt. Er hatte es ihr nie erzählt, es war das größte Geheimnis, das er vor ihr hatte.

Es waren Quälereien – warum? Bei keiner anderen Freundin hatte er je so etwas getan. Saskia war die einzige, mit der eins zu sein es ihn wirklich verlangte – äußerte er durch diese Quälereien seine Machtlosigkeit, daß das nicht einmal mit ihr möglich war?

Eine wundervolle Theorie, aber einstweilen sollte er lieber aufpassen, daß er sie mit all diesen Sticheleien nicht verlor.

Rex stand wieder auf und ging zum Wagen. Er nahm die Polaroid aus Saskias Korb und machte eine Aufnahme von der Tankstelle. Ein Scherz für nachher, aber er sah auch schon die Blicke, die sich ihre Bekannten, Saskia und er selbst noch Jahre später zuwerfen würden, wenn sie die Unterschrift im Album lasen: *TOTAL-Tankstelle, darin Saskia, ein paar Minuten, bevor sie das erste Mal auf der Autobahn selbst fahren wird.*

Er hielt das Bild an einer Ecke fest und sah zu, wie die TOTAL-Station und die geparkten Autos, gerade so, als würden sie für einen Augenblick leben, aus den Chemikalien auftauchten. Er legte die Kamera zurück, und mit dem Bild in der Hand schlenderte er wieder zu dem kleinen Wall, hinter dem es keinen rauschenden Bergbach gab. Er setzte sich und schaute, auf die Ellbogen zurückgelehnt, zur Tankstelle hinüber.

Aber sie mit dem Benzin zu ärgern, das ging vielleicht zu weit. Auf der Landstraße damals in Italien war mehr passiert. Als er mit dem Reservekanister zurückkam, hatte er Saskia völlig aufgelöst angetroffen. Wie ein kämpfendes Tier hatte sie sich an ihn geklammert, hatte geschluchzt, er dürfte sie nie wieder so allein lassen. Die Beklemmung in dem kleinen dunklen Käfig Auto hatte sie fast verrückt vor Angst gemacht; es war genau so einsam gewesen wie in ihrem Alptraum vom goldenen Ei. Als sie klein war, hatte sie einmal geträumt, sie säße eingeschlossen in einem goldenen Ei, das durch das Weltall flog. Alles war schwarz, es gab nicht einmal Sterne, sie würde für immer darin bleiben müssen, und sie konnte nicht sterben. Es gab nur eine Hoffnung: Es flog noch so ein goldenes Ei durch den Raum, und wenn sie zusammenstießen, wären beide zerstört, dann wäre es vorbei. Aber das Weltall war so groß!

Daß solch ein Schreckensbild in einem so kleinen Kind aufkommen konnte, hatte Rex erschüttert. Und damit zog er sie auf!

Er schaute auf seine Uhr: kurz nach halb acht. Über den Baumwipfeln auf der anderen Seite der Autobahn hingen die zartpurpurnen Nebelfahnen, von denen Saskia immer sagte: Schau, morgen wird schönes Wetter. Niemals zuverlässige Vorhersagen natürlich, und das Haus lag eine Tagesreise entfernt, aber Rex begrüßte die Fahnen ihretwegen: Es würde ein sonnendurchfluteter, unvergeßlicher Urlaub werden. »Sie prophezeien auch«, dachte er, »daß ich für den Rest des Urlaubs jede Gelegenheit auslassen werde, sie aufzuziehen.«

Was war sie doch für ein Schatz: Sie hatte selbst vorgeschlagen zu fahren, aber ihr insgeheimes Zögern bewies, wie sehr sie davor zurückschreckte. Rex stand wieder auf, machte ein paar Lockerungsübungen und trabte

zum Wagen. Ihre geblümte Jacke hing über der Rückenlehne ihres Sitzes, die Sonnenblende auf ihrer Seite war heruntergeklappt. Das war sie fast immer – ein Running Gag zwischen ihnen –, es war ein Spiegel darauf.
»Wer fahren will, muß schön sein«, er hörte sie es schon sagen. Wahrscheinlich machte sie sich auf der Toilette sorgfältig zurecht. Sie war ungeniert eitel, Rex war es sogar gelungen, von ihr ein Bild auf einem verschneiten Strand zu machen, auf dem, das zeigten ihre Hosenbeine und die Schaumflocken, ein starker Wind blies – aber sie hielt einen kleinen Spiegel zu den Wolken hoch und zog sich mit der anderen Hand die Lippen nach. Aber wie eitel sie auch war: Der unbändigen, tragischen Schönheit ihres Gesichts konnte es nichts anhaben.

Hatte sie überhaupt Geld mitgenommen? Ja, sonst wäre sie bestimmt schon zurückgekommen. Sie hatte ihm ja auch noch ihre Tasche gezeigt.
Er trabte noch ein paar Runden durch das Gras, machte dabei mit den Armen Drehbewegungen, seine Lunge weitete sich. Er schaute auf seine Armbanduhr. Ihre Nebelfahnen hatten das Purpur durchlaufen, ins Violette und weiter.

»Ich bekomme wohl die Chance, meine guten Vorsätze gleich umzusetzen«, dachte Rex. »Also werde ich mich vorerst nicht mit mürrischem Gesicht ans Steuer setzen: Nicht mehr nötig, gib nur den Schlüssel her. Ich lasse ihr liebes Bier nicht nach ein paar Schlucken stehen. Ich fahre nicht zurück zu den Zapfsäulen, um dort auf sie zu warten.« Außerdem, sie hatte den Schlüssel.

Er schaute auf seine Uhr: elf nach halb acht. Er lehnte ein Weilchen am Wagen, spähte zum TOTAL-Gebäude hinüber und holte das Polaroid aus der Brusttasche. Es hatte sich einiges verändert. Ein oder zwei Autos standen nicht mehr da, ein neues war hinzugekommen, die Menschen standen an anderen Stellen.

Trieb sie es jetzt nicht wirklich zu bunt? Sollte er sie aus ihrer *Marie Claire* wachrütteln, in die sie sich am Zeitungsstand vertieft hatte? Nein – sie war imstande, hinter der Tankstelle Blumen zu pflücken, die sie dort hatte wachsen sehen, oder kaufte ein Geschenk für ihn. Und das wäre dann wohl wieder ein Schnuller oder eine Pfeife an einem Bändchen, die Vogelstimmen von sich gab, wenn man sie im Kreis schwenkte, oder das kleinste Notizbuch, das sie finden konnte, mit einem unbrauchbaren Bleistift, und er würde denken: »Hau doch ab mit dem Zeug«, aber zugleich würde er sein Geschenk lieb und wirklich schön finden und glücklich sein, mit ihr zusammensein zu dürfen.

Wie lange war sie eigentlich schon weg?

Dreizehn nach halb acht. Rex konnte ein Gefühl der Beunruhigung nicht unterdrücken. Ärgerlich, daß er den Wagen nicht abschließen konnte, sonst hätte er jetzt aber wirklich mal nachgesehen.

Er würde noch eine ganze Runde des Sekundenzeigers warten. Aber ohne länger darüber nachzudenken, warf er seine Tasche mit den Papieren in ihren Korb, und mit dem Korb unterm Arm rannte er zur Tankstelle.

»Der Wagen brennt darauf, von dir gefahren zu werden«, das würde er sagen, nichts Mißmutiges, etwa, daß er nun unabgeschlossen dastand.

Die Glastüren sprangen vor ihm auf, er betrat den Minimarkt. Genau gegenüber dem Eingang war die Kasse, rechts davon eine Abteilung für Lebensmittel. Da war sie nicht. Nach links zu schauen hatte er sich aufgespart: Nun mußte er wohl. Durch ein Regal mit Eiffeltürmen und Puzzles in der Mitte ergaben sich zwei Gänge, an deren Ende die Getränkeautomaten und der Flipper standen. Dort war sie nicht. Rechts von den Automaten führte ein Gang zu den Toiletten. Da war sie auch nicht. Er öffnete die Tür zur Damentoilette: Dort stand sie nicht vor dem Spiegel.

Rex ging schnell wieder nach draußen. Er lief hinter den Laden. Auch da war ein kleiner Parkplatz und eine schmalere Fortsetzung der Wiese mit zwei hölzernen Picknicktischen und Bänken. Im Gras wuchsen keine Blumen, und sie war nicht da.

Er rannte zurück zum Wagen und verschnaufte kurz. Er begriff jetzt überhaupt nichts mehr.

Eine ziehende Leere breitete sich in seinem Bauch aus, als säße er auf einer Schaukel, die immerzu nur tiefer sank. Irgend etwas stimmte nicht, er sah es an den fröhlichen Farben der Fahrräder auf dem Dach, an den Farben ihrer Jacke. Er fühlte sich mit einem Mal völlig allein, als wäre es aus.

Ein Scherz? Er schüttelte den Kopf.

Aus der Tasche mit Urlaubslektüre nahm er einen Notizblock und einen Kugelschreiber, und mit der noch warmen Motorhaube als Unterlage schrieb er: *Sas, ich habe Dich verloren. Ich suche Dich. Wenn Du hierher kommst, bleib bitte beim Auto. Rex xxx.* Er klemmte den Zettel unter den Scheibenwischer.

Er schaute noch einmal auf das Foto. Nur die große weiße Fläche eines Sattelschleppers mit Auflieger war noch da, AMADDEI FRERES stand darauf.
Langsam ging er wieder zum Minimarkt, den Korb unterm Arm. Durch die Hecke drang von der Autobahn das gelbe Licht der ersten Autos, die ihre Scheinwerfer angemacht hatten.
Noch einmal. Systematisch siebte er das Gebäude auf ihre mögliche Anwesenheit durch. Rechts war sie nicht, in den beiden Gängen nicht, bei den Automaten nicht. Er ging in die Damentoilette. Eine hindustanische Frau wusch sich die Hände, sie schaute ihn schweigend und mißtrauisch an. Drei WCs, eins besetzt. Er riß die Türen der ersten beiden auf und wartete auf die dritte. Heraus kam eine kleine Frau, die wie eine Karikatur seiner letzten Freundin aussah. Wütend und schrill sagte sie etwas, von dem nur zu ihm durchdrang, daß es Französisch war.
Er schaute in die Herrentoilette.
Gegenüber dem Eingang zur Damentoilette war eine Tür, auf der SERVICE stand, darunter in kleinen Lettern die Bitte, nicht einzutreten. Rex öffnete die Tür, ein Mann am Schreibtisch schaute verärgert auf.

»Das ist kein öffentlicher Zugang«, sagte er.
Rex entschuldigte sich und ging wieder.
Was nun?

Sie war nicht im Laden. Dann mußte sie beim Wagen sein, der Zettel hinderte sie daran wegzugehen. Er lief zurück zum Wagen, der schemenhaft geworden war, die Fahrräder wie ein mißlungenes Geweih auf dem Dach. Sie war nicht da. Der Zettel unter dem Scheibenwischer bewegte sich ganz leicht im Wind, den man nur dadurch wahrnahm. Sie hatte keine Nachricht unter seine geschrieben.

Sie schien vom Erdboden verschwunden zu sein.

Rex setzte sich auf den Bordstein, neben die Abfalltonne. Ein Prinz in einem weißen Rolls Royce? Ein hirnverbrannter Impuls, und *ssst*, weg, an ihm vorbei, einem völlig neuen Leben entgegen? »Ich bin ein bißchen sprunghaft«, sie hatte es oft genug gesagt – sie konnte in einer plötzlichen Eingebung begriffen haben, daß es mit ihm nicht vollkommen war und nie werden würde. Aber ihn so zurückzulassen? Undenkbar.

Soeben verstrich die allerletzte Minute, in der noch etwas Normales hätte passiert sein können.

Er stand auf und rief »Saskia! Saskia!« Nichts geschah, nur seine Stimme klang aus, und zurück blieb das ewige Rauschen der Autobahn.
Zwei vor acht. Die Wiese war bräunlich geworden, ihre Nebelfahnen waren verschwunden. Während er immer wieder ihren Namen rief, lief Rex zur Tankstelle, wo der große Sattelschlepper von AMADDEI FRERES, Transports Internationaux, ruckelnd und fauchend in Gang kam.
War sie in diesen Wagen gezerrt, vergewaltigt worden? Wurde sie jetzt mitgenommen und nachher irgendwo am Straßenrand abgeladen? Er schrie: »Saskia! Saskia! Saskia!« Er lief zur Wiese hinter den Laden. Hinter den Picknicktischen, beim Zaun war ein Graben. Rex stieg hinein und arbeitete sich durch, mit den Füßen tastete er den Boden ab. Er stockte – es durfte noch nicht so weit sein, daß er Saskia in Gräben suchen mußte.
Sie war *irgendwo*. Nur: Er durfte nicht wissen, wo. Es war unerträglich, verletzend.
Er ging zur Tankstelle und blieb auf dem Bürgersteig vor den automatischen Türen stehen. Sich an den scheuen Blick eines jungen Tankwarts klammernd, rief er: »Saskia! Saskia!« Die Leute verharrten in ihren Schritten.

»Es ist meine Frau. Sie ist weg«, sagte er, halb erwartend, der Tankwart würde seine Arbeit unterbrechen, um dafür zu sorgen, daß Saskia zurückkam.

Rex ging in den Laden, genau in dem Moment, als die Neonröhren angingen. Es war nicht mehr so voll. Falls Saskia bereits drinnen gewesen war, konnte niemand mehr da sein, der sie gesehen hatte.

Bis auf die Kassiererin! Und plötzlich erinnerte sich Rex, daß er ein Foto von Saskia bei sich hatte, in einem dunklen, weggeklappten Fach seines Portemonnaies.

Es war ein Foto, das sie einmal in einem Automaten gemacht hatte, als sie sich eine Zeitlang nicht sehen konnten; sie machte ein kokettes, gespielt weinerliches Gesicht.

Aber die Kassiererin erkannte sie sofort. »Hat sie jetzt nicht kürzere Haare? Ja, die habe ich gerade hier gesehen.« Saskia hatte am Kaffeeautomaten gestanden, und kurz darauf kam sie ein paar Francs wechseln. Vor ungefähr einer halben Stunde.

Sie war also drinnen gewesen, als sie Getränke holte: Ihre ersten Schritte, nachdem er sie aus den Augen verloren hatte! Aber der Kaffeeautomat? Sie hätte Bier holen sollen, und eine Limo für sich selbst. Trotzdem war es der Kaffeeautomat, sagte die Kassiererin. Das wüßte sie genau, und ein Irrtum sei unwahrscheinlich: Der Kaffeeautomat und der Getränkeautomat standen weit auseinander in den Ecken, dazwischen die Eistruhe und der Flipper. Hatte jemand bei ihr gestanden? Hatte sie mit jemandem gesprochen? So genau hatte die Kassiererin nicht hingeschaut. Möglich. Hunderte liefen rein und raus, den ganzen Tag lang …

»Sie ist verschwunden«, sagte Rex. »Ich weiß nicht, was ich tun soll.«

Die Kassiererin machte ein bedenkliches Gesicht. An mehr könne sie sich nicht erinnern.

Rex stellte sich auf den freien Platz vor der Kasse und hielt sein Foto hoch. »Meine Damen und Herren, können Sie mir vielleicht helfen«, sagte er zu den Leuten. »Meine Frau ist hier verschwunden. Vor einer halben Stunde. Sie ist hier hereingegangen, um etwas zu kaufen, und sie ist nicht zurückgekommen. Würden Sie sich vielleicht dieses Foto ansehen und mir sagen, ob Sie sie gesehen haben?«

Er hatte französisch gesprochen, er wiederholte es auf englisch. Die paar Leute, die im Laden waren, standen still und schwiegen, wie wohlwollende Passanten bei

einer Gedenkminute in einem fremden Land. Als Rex geendet hatte, ging man weiter.
Ein kleiner, kahl werdender Mann war der einzige, der einen Blick auf das Bild warf. Rex erkannte ihn, es war der Mann, den er hinter der Service-Tür an seinem Schreibtisch gesehen hatte, der Geschäftsführer der TOTAL-Tankstelle.
In seinem Büro erzählte Rex, was passiert war. Er schrieb Saskias Personalien auf, und dann rief der Geschäftsführer die Polizei an. Er gab alles durch, Wort für Wort, bis zum letzten Buchstaben ihrer Adresse. Er sagte noch zweimal »oui« und legte auf. Die Polizei kam nicht. Seit einer dreiviertel Stunde vermißt? Bei ihrem Personalmangel? »Ich nehme Sie ernst, mein Herr. Sie wissen, daß Sie keinen Krach mit Ihrer Frau hatten. Aber woher soll die Polizei das wissen? Lassen Sie es uns in einer Stunde noch mal versuchen.«
»Was meinen Sie, was passiert sein kann?« fragte Rex.
Er durfte umsonst das Hotel in Nuits St. Georges anrufen. Zwischen den Sachen in Saskias Korb, einem Pullover, einem kleinen Spiegel, einem Apfel, angebrochenen Lakritzrollen, fand er ihre Reisemappe. Das Hotel hieß Côte

d'Or, der Geschäftsführer suchte ihm die Nummer heraus.

Die gleichgültige Stimme der Frau an der Rezeption versetzte ihm einen Schock – schon allein durch ihre Existenz. Saskia war nicht angekommen. Rex wies darauf hin, daß sie vielleicht allein käme.

Zusammen mit dem Geschäftsführer ging er die Runde um die Zapfsäulen. Und Saskia machte den nächsten Schritt: Von den drei Tankwarten, die meinten, sie gesehen zu haben, hatte sie einer durch die Glastür nach draußen kommen sehen. Mit zwei Dosen in den Händen.

Und dann?

Auch wenn du mich totschlägst! sagte sein Blick. War jemand in ihrer Nähe? Nicht direkt.

Bis in Rufnähe war sie zurückgekommen! Wenn er bei seinem Wagen gewesen wäre, hätte er sie sehen können! – Aber dort hatte er gestanden! Und ein Foto gemacht!

Rex stürzte nach drinnen.

War es möglich, daß er das Polaroid in dem Moment gemacht hatte, als sie mit den Dosen herauskam? Neben einem Drehständer mit gelben Michelin-Karten hielt er das Foto ins Licht.

Der Eingang des Ladens war dunkel. Es war nicht gut zu erkennen, aber die Motorhaube des AMADDEI-Lastwagens schien die Tür zu verdecken. Außerdem standen ein paar Autos bei den Abfalltonnen an der Wiese, die Motor- oder Kofferraumhauben offen, und ein paar Wagen standen auf dem kleinen Parkplatz vor dem Minimarkt. Im Gras lagen und saßen Leute, andere standen bei ihrem Wagen. Rex zählte insgesamt siebzehn menschliche Figuren oder Pünktchen, die welche sein konnten. Von zehn von ihnen wagte er mit Sicherheit zu sagen, daß sie nicht Saskia sein konnten. War sie eines der Pünktchen? Über einem grünen Wagen, der sich vom Weiß des AMADDEI-FRERES-Lastzugs abhob, waren zwei Stecknadelköpfe zu sehen. Konnte man einen davon rothaarig nennen?
Die Kassiererin rief ihn. Sie konnte sich doch noch an etwas erinnern. Auch wenn es wahrscheinlich nicht wichtig war. Saskia hatte sich beim Geldwechseln ziemlich ungeschickt angestellt, weil sie dabei die ganze Zeit einen Autoschlüssel in der Hand hielt. Sie hatte ihn sogar fallen gelassen. Sie war allein an der Kasse gewesen.
Rex ging nach draußen. Vorbei an der Stelle, wo die Stecknadelköpfe ungefähr gewesen waren, ging er langsam zurück zu seinem Auto, das in der Dämmerung nun

fast verschwunden war. Aber schon auf den ersten Blick sah er, daß etwas nicht stimmte. Erst als er neben seinem Auto stand, wollte er es glauben: Die Fahrräder waren gestohlen worden. Auf dem Dachgepäckträger lagen einige der Riemen, mit denen sie festgebunden waren.

Er setzte sich auf den Bordstein neben den blauen Müllsack, der fluoreszierend in der Abendbrise raschelte.

»Wo bist du jetzt«, sagte er, und er begann, hemmungslos zu weinen. »Ich werde dich doch wiedersehen?« Er fühlte sich einsam wie ein zurückgelassener Wanderer im All.

Er setzte sich ins Auto und machte die Innenbeleuchtung an. Ihre Sachen lagen still auf ihren Plätzen: ihre Jacke über der Lehne, ihr Strickzeug im Handschuhfach auf einem Buch, daneben der Notizblock: *512 (!!!!) Ein bißchen früh! Aber, na ja!*

Aus dem Aschenbecher ragte eine Kippe mit Lippenstift, neben ihrem Buch lagen ihre Zigaretten und ihr Feuerzeug. Rex steckte sich eine an und inhalierte, seine erste Zigarette nach sieben Jahren. Ein leichtes Schwindelgefühl zog ihm durch Stirn und Hals.

Sie war mehr als eine Stunde fort. Er sah sie vor sich, ängstlich, durch die Nase atmend. Es war kein Mißverständnis mehr vorstellbar, über das sie gemeinsam herzlich lachen würden. Es konnte nichts mit ihr sein, das nicht bedeutete, daß sie in Not war. Sie brauchte ihn. Er wurde verrückt vor Kummer, daß er ihr nicht helfen konnte.

Wenn er klar überlegte, war nur eine Möglichkeit wirklich wahrscheinlich. Sie war in ein Auto gezerrt oder gelockt und entführt worden. Sie sah sexy aus, aber nicht reich. Vielleicht hatte der Täter sogar gesehen, daß sie zu Rex' altem Wagen gehörte, es mußte sich also um eine Vergewaltigung handeln. Dann wurde sie jetzt vergewaltigt. Und danach? Sie könnte ermordet werden. Dann würde ihre Leiche früher oder später gefunden. Aber sie würde nicht so dumm sein, sich zu wehren. Die Chance war groß, daß sie irgendwo an einer einsamen Stelle zurückgelassen wurde, dann würde sie nach einiger Zeit das Hotel erreichen können. Alles in allem war das am wahrscheinlichsten. Es war nicht einmal gesagt, daß der Urlaub nicht mehr zu retten war.

Mit ihrem Korb unter dem Arm rekonstruierte Rex seine Bewegungen von dem Moment an, als er sie zum letzten Mal gesehen hatte. Er notierte die Zeit. Dann stoppte er ihren Weg. Hinein. Zum Getränkeautomaten. Francs

suchen. Geld wechseln, das dauert. Zwei Dosen ziehen. Und dann der Kaffeeautomat? Hatte sie plötzlich Lust auf Kaffee bekommen?
Ja, warum nicht. Gut. Kaffee trinken, nach draußen, stehenbleiben für den letzten Eindruck.
Die Zeiten stimmten. Er konnte sie fotografiert haben. Aber auf dem Foto war das nicht zu sehen.

Der Geschäftsführer rief die Polizei an. Rex mußte an den Apparat kommen, und er gab Saskias Personenbeschreibung durch, die erste ihres Lebens.
Er wartete. Mit dem Hörer am Ohr sah er zu, wie der Geschäftsführer gleichmäßig Zahlen von losen Blättern in ein Kassenbuch übertrug. Nach einer endlosen Zeit war die Stimme zurück: In kein einziges Krankenhaus der Gegend war eine Saskia Ehlvest eingeliefert worden. Man könne jetzt nichts tun, zum Suchen sei es zu dunkel, und vielleicht käme sie ja in den nächsten Stunden von selbst zurück. Wenn sie morgen früh noch nicht wieder da wäre, solle er das melden, dann würde man der Sache nachgehen. Er solle nicht vor acht Uhr anrufen.

Es wurde Nacht.
Die Kassiererin ging. Der Tankwart, der sie als letzter gesehen hatte, ging nach Hause, schlafen. Rex war nun der einzige in der Tankstelle, der Saskia jemals gesehen hatte. Er rief im Hotel an, aber sie kam und kam nicht. Er rief die Polizei an, kein Krankenhaus hatte sie registriert.
Rex drehte Ellipsen um seinen Wagen und den Laden, und nie war sie da, wenn er wieder zurückkam. Nur noch selten entließ die Autobahn einen Wagen. Eine leise summende Stille senkte sich über die TOTAL-Station.
Die Nacht war, wie von ihren Nebelfahnen vorhergesagt, klar und hell, endlos. Saskia war *irgendwo.* Es brach ihm das Herz, daß er nicht wissen konnte, wo.
Schließlich blieb er im Wagen sitzen, starrte auf den Notizblock mit Zahlen und auf den Zettel unter dem Scheibenwischer, dessen Ecken sich ab und zu bewegten. Schlafen wollen, nicht schlafen können und schlafen wurden zu einem Gedanken: Saskia stieß in diesem Moment etwas Schreckliches zu. Ihm war, als fühlte er, was sie jetzt fühlte – die Angst und die Einsamkeit im goldenen Ei, und als wäre sein Wunsch damit endlich in Erfüllung gegangen: mit ihr eins zu werden.

2

Das Wasser der Bucht war so blau wie auf einer Kinderzeichnung. Rex Hofman stand auf einem großen Stein am Ufer und schaute durch das Schlüsselloch der Felswände zum Horizont. Er fragte sich, wie die Erde und der Mond es gemeinsam schafften, irgendwo auf diesem Meer Wellen von einem Meter Höhe zu verursachen, während hier Spiegelglätte herrschte.

Die Bucht war kaum mehr als ein von Felsen gebildeter Köcher, und die Sonne kam nur ein paar Stunden am Tag hierher, früh am Morgen. Der Strand hatte besonders feinen Sand, so silberhell, daß die Körnchen wie Diamanten wirkten. Er war in beide Richtungen schmal, und am Fuß der Felsen, die die Rückwand bildeten, wuchsen Disteln und wilde Kakteen mit feuerroten Blüten.

Ein Mißklang zwischen all diesen Naturfarben war das grelle Orange des Schlauchboots mit Außenbordmotor, mit dem sie jeden Morgen kamen. Zu Fuß war dieser kleine Strand nicht zu erreichen und mit dem Boot kaum zu finden, und um die Exklusivität zu wahren, achteten sie beim Auslaufen aus dem Fischerhafen darauf, daß ihnen niemand folgte. Mit Erfolg, sie waren immer allein.

Rex rief und winkte zum Strand hinüber und tauchte. Das Wasser hüllte ihn in Stille, da war nur ein Sirren, als ob Millionen gläserne Nadeln auf seinen Kopf tickten und zerbrachen. Die Arme vorgestreckt, die Hände gefaltet, ließ er sich treiben. Er hatte die Augen geschlossen und spürte weder seinen Körper noch das Wasser, als könne er auf ewig schweben. Er steckte den Kopf wieder in die Welt und schwamm langsam zum Strand.

Lieneke lag halb unter ihrem Sonnenschirm auf dem Bauch und las. Rex kniete neben ihr nieder und nahm sich eine Zigarette. Sie zitterte kurz, als ihr ein paar Tropfen auf den Rücken fielen, die sofort glitzernde Brenngläser wurden. Sie legte ihr Buch verkehrt herum in den Sand und drehte sich zu ihm um.

»Schön geschwommen?«

»Herrlich. Göttlich. Ich schlafe hier unter Wasser noch mal ein.«

Sie lächelte, als mache er ihr ein Kompliment. Marina di Camerota gehörte ihr. Besser gesagt, es war Familienbesitz. Sie hatte an diesem paradiesischen Strand schon gespielt, als sie zwei Jahre alt war, und bis vor gar nicht so langer Zeit war sie unzählige Male mit ihren Eltern hier gewesen. Die besaßen ein Häuschen auf dem Hügel hinter dem Hafen, mit einer großartigen Aussicht über den Golf von Policastro. Das hatten sie ihnen für die Ferien überlassen, genau wie das Schlauchboot und den dazugehörigen Anhänger.

Er nahm eine Flasche Bier aus der Kühltasche und gab ihr auch eine.

»So ein Tropfen auf dem Rücken, kriegst du davon eigentlich eine Sommersprosse, wenn du in der Sonne liegst?« fragte er.

»Das halte ich für eine *idée reçue*«, sagte Lieneke.

»Meinst du? Ja, das glaube ich eigentlich auch.«

Lieneke las gerade ihr soundsovieltes neues Buch. Sie hatte heute morgen damit begonnen, und während er kaum mehr getan hatte, als in der Zeitung zu blättern und ins Wasser zu springen, war sie schon wieder auf Seite 125. Sie las weiter, Rex setzte sich auf einen Stein und ließ die Beine ins Wasser baumeln, das so hoch stand wie immer; ihre Bucht hatte nicht einmal Ebbe und Flut. Camerota war tatsächlich eine Entdeckung. Kaum Ausländer, nur ein Surfer, Freundlichkeit. Nie wurde man geneppt oder bekam zu wenig Wechselgeld zurück; eine gute Autostunde unterhalb von Neapel wurden alle Klischees über Italien Lügen gestraft. Rex hatte einmal vom Hafenparkplatz wegfahren wollen, als seine Handtasche noch auf dem Autodach lag; ein paar halbwüchsige Jungen hatten ihn zurückgehalten und ihm die Tasche gereicht.

Aber vielleicht machte man mit ihm eine Ausnahme, weil er zu Lieneke gehörte. Jeder kannte sie, sie kannte jeden, und sie sprach perfekt Italienisch. Und wenn er wieder mal einem alten Pizzabäcker vorgestellt wurde, der mit ihr gerührt über seine unverständlichen Sätze lachte, dann fühlte er sich unangreifbar wie ein kleiner Junge an der Hand seiner Mutter.

Mit einer neuen Zigarette im Mund, seine Zehen machten im Wasser Tanzschritte, tagträumte Rex von den drei »Drachen«, die er in Camerota zu besiegen hatte: Lieneke, Vicenze und die Franzosen.

Lieneke hatte er schon bezwungen. Zu Beginn des Urlaubs hatte er ihr das Wortspiel beigebracht, das er schon sein ganzes Leben lang spielte, mit seinen Eltern, mit Freunden im Erdkundeunterricht, mit Freundinnen. Lieneke hatte seine Erklärungen andächtig angehört und dann das erste Spiel gewonnen. Das hatte Rex mehr gewurmt, als er sich anmerken ließ. Während sie durch ihre Urlaubslektüre eilte, hatte er, groggy von der Sonne, sein erstes Buch bei Seite 40 definitiv aus der Hand gelegt. Das fand er eine ausreichende Demonstration ihrer größeren Geistesschärfe – oder seines eigenen Debakels. Es war *sein* Spiel, er hatte ein Vierteljahrhundert Trainingsvorsprung. Aber er hatte die Revanche und alle weiteren Spiele gewonnen, es war Anfängerglück gewesen. Sie schenkte seinen Siegen den Glanz ihres Ärgers.

Der zweite Drache war Vicenze, und auch ihn hatte Rex schon geschlagen. Über dem Hafen, in den alten Festungsmauern, war ein schäbiges und kaum besuchtes Café mit einem riesigen Granitsaal, in dem ein Stuhl einen grauenhaften Schrei von sich gab, wenn man ihn anstieß oder aufstand. Es war das einzige Café in Camerota mit einem Videospiel, und in den Abendstunden, vor oder nach dem Essen und manchmal auch vorher und nachher, während Lieneke geduldig Bier trank und las, versuchte Rex, seinen persönlichen Rekord zu verbessern.

Hin und wieder hatte er einen Gegner, einen kleinen Jungen, der Vicenze hieß, wie es in Buchstaben auf dem Bildschirm aufleuchtete, wenn er hoch genug gepunktet hatte, um seinen Namen eintippen zu dürfen. Vicenze hatte immer eine Fußbank bei sich, um an die Bedienungsknöpfe heranzukommen, und dann feuerte er völlig versunken Schüsse auf die Weltraummonster ab, die mit gurgelnden oder sausenden Geräuschen auf sein Raumschiff zukamen.

Sehr oft konnten sie nicht gegeneinander spielen, weil Vicenze es strikt ablehnte, sich ein Spiel bezahlen zu lassen. Er sei erst acht Jahre alt, sagte er einmal, um seine Geldknappheit zu erklären und vielleicht auch seine vielen Niederlagen. Rex fragte, wann er geboren sei, und entnahm dem anschließenden Gespräch, in dem Vicenze sehr geduldig war, immerhin, daß das richtige Wort *compleanno* war, nicht *anniversario.*

»You're good, kid«, murmelte er, aber eines war sicher: In Marina di Camerota war der Niederländer Rex Hofman der beste Vernichter von Weltraummonstern.

Der dritte Drache waren die Franzosen. Gegen sie war er noch nicht in den Ring gestiegen. Er wünschte es sich,

zweifelte aber daran, daß es je zur Konfrontation kommen würde.
»Lust auf noch ein Wortspiel?« rief Lieneke.
Gemeinsam schoben sie ihr Schlauchboot ins Wasser. Lieneke startete den Motor und nahm das Ruder, Rex streckte sich ihr gegenüber aus. Mit gespreizten Armen und Beinen lehnte er an der Bugwand, durch die Wimpern schaute er zum Himmel hinauf und in ihr kleines Gesicht, das immer ein wenig überrascht aussah.
»Diese Lieneke«, dachte er, »was sollen wir von der eigentlich halten? Endlich einmal streiten, um festzustellen, ob da ein Band ist, das es wert ist, gekappt zu werden? Abwarten, ob sie von allein geht? Ihre Anhänglichkeit studieren wie ein Biologe, der die Sprache der Möwen zu verstehen versucht?«
Das Boot begann heftig zu schaukeln, sie waren aus dem Köcher heraus auf dem offenen Meer. Lieneke hatte ihren schwarzen Bikini wieder angezogen und über das Oberteil ein blaues Hemd geknotet. Denn prüde war das Paradies wohl noch.

Die Franzosen waren schon da, so wie jeden Mittag, wenn Rex und Lieneke am örtlichen Strand ankamen.

Der Sand war hier etwas weniger fein, hier und da lag eine plattgetretene Cola-Dose, und vom Campingplatz, nur einen kurzen Kakteenweg entfernt, waren schwach italienische Hits zu hören, aber weniger paradiesisch war es eigentlich nicht.

Sie grüßten die Franzosen und warfen ihre Badetücher zwanzig Meter weiter in den Sand. Die Franzosen, drei an der Zahl, gehörten zu den beiden gleichen Minderheiten wie Rex und Lieneke: Sie hatten keine Kinder, und sie waren Ausländer. Eine schwierig einzuordnende Gruppe: zwei Männer, ungefähr dreißig Jahre alt, und ein chinesisches oder vietnamesisches Mädchen. Man konnte sie sich als Drogenhändler vorstellen, aber auch als junge linke Rechtsanwälte oder Mitglieder einer Popgruppe.

Einer der Männer war groß und dünn, aber er kam nicht dazu, besonders viele Eigenschaften zu besitzen, dafür fielen die anderen beiden zu sehr auf. Das asiatische Mädchen war klein und kindlich gebaut. Sie war die einzige am Strand, die manchmal ohne Oberteil herumlief, aber ihre Nacktheit war so selbstverständlich, daß es unzüchtig gewesen wäre, daran Anstoß zu nehmen. Sie

konnte ebensogut sechzehn wie dreißig sein, und zu wem sie gehörte, war nicht klar.
Der andere Mann war dick und völlig kahl. Er trug eine Brille, und mit seinen vorstehenden, weiß gefleckten Lippen glich er einem Mongoloiden. »Der kahle Kopf ist ein Trick«, sagte Lieneke, »um dich denken zu lassen, daß das ihn häßlich macht.«
Er trug eine große Badehose in einem fast obszönen Gelb, und wenn die anderen beiden ins Meer gingen, folgte er ihnen träge, aber mit einer gewissen Eleganz. Er setzte sich dann in die letzten Ausläufer der Wellen und ließ sich naßplätschern, wie ein behäbiger burmesischer Prinz auf einem Thron.
Er konnte nicht schwimmen!

Das ging nun schon zwei Wochen so, daß sie sich mit einem gemurmelten Wort und leicht erhobener Hand grüßten, und langsam fand Rex es schade, daß sie sich nicht kennenlernten. Daß sie nicht zu den Leuten gehörten, die sofort beim Grillen zusammenhocken und Adressen austauschen, schien ihm zur beiderseitigen Befriedigung bewiesen, aber ein paar neue Kontakte konnten nicht schaden.

Der Wettkampf, wenn es denn dazu kommen sollte, würde hinten auf dem Strand stattfinden. Dort war eine Art Spielfeld angelegt; ein von Disteln befreiter Platz mit einer zwischen zwei Stöcken gespannten Leine, die als Netz diente, und ein paar Steinen als Eckmarkierungen. Rex hatte ein altes Badmintonspiel, das sie treu zum Strand mitnahmen, aber wegen der Wortspiele und dem Lesen und der allgemeinen Faulheit hatten sie nur einmal für eine Viertelstunde die Schläger in die Hand genommen.

Die Franzosen dagegen waren jeden Tag auf dem Spielfeld zu finden. Sie hatten ebenfalls ein Badmintonspiel, und am Ende des Nachmittags, wenn der Schatten des großen Felsens begann, die Strandbesucher auf den Campingplatz zu treiben, gingen sie mit ihren Schlägern dorthin.

Mit dem Kinn auf beiden Fäusten schaute Rex dann aus der Entfernung zu.

Sie konnten nicht viel. Aber sie nahmen das Spiel ernst, sie zählten die Punkte, und wenn sie nicht wußten, ob der Ball die Leine unten statt oben passiert hatte, sahen sie das Mädchen an, das immer schweigend Schiedsrichterin war, und sie respektierten ihre Entscheidung. Der Kahle spielte langsam, aber verbissen, und soweit Rex das sehen konnte, waren er und der Lange etwa gleich stark.

»Die müßte ich doch schlagen können«, dachte Rex Tag für Tag.

Konnte er sich so ganz einfach einen Ruck geben und fragen, ob er mitspielen durfte?

Die Notizblöcke lagen bereit für die Revanche, zwei Bierflaschen waren geöffnet, die Franzosen gingen zum Spielfeld. Aber diesmal warfen sie ihre Schläger in den Sand und begannen, gebückt und kriechend, Steine über die imaginären Begrenzungslinien zu werfen. Unverhofft sah Rex die Möglichkeit, sich dem dritten Drachen zu nähern.

»Moment«, sagte er, und er lief zum Spielfeld.

»Kann ich helfen?« fragte er. »Wir spielen hier auch ab und zu.«

Er hatte sich an den Kahlen gewandt, der aus der Nähe überraschend jungenhaft aussah, mit lustigen kleinen Augen.

Vielleicht war er gerade erst zwanzig. »Bohh«, antwortete er schulterzuckend.

Schweigend warfen sie zu viert eine ganze Weile Steine zwischen die Disteln.

»Was ich fragen wollte«, sagte Rex, »hättet ihr vielleicht Lust, einmal ein Spiel Frankreich–Niederlande zu spielen? Meine Freundin spielt auch. Europameisterschaft«, fügte er grinsend hinzu.

Das Mädchen zählte, die Männer waren Frankreich. Es schien nichts auszumachen, daß sie viel mehr Übung hatten, alle waren ungefähr gleich schlecht, und die meisten Ballwechsel wurden schon bald durch einen lächerlichen Fehler beendet. Aber als wäre es selbstverständlich, stand es bald 6:0 für Rex und Lieneke. Danach war das Glück ehrlicher verteilt, und mit 15:10 gewannen sie den ersten Satz.

Sie wechselten die Spielfeldhälften, und auch im zweiten Satz führten sie, jetzt stets mit einem oder zwei Punkten. Lieneke schien ein gutes Ballgefühl zu haben, und zu Rex' Freude faßte sie das Spiel nicht als Jux auf. Wenn das vietnamesische Mädchen einen Ball, den sie im Aus befürchtet hatte, *In* gab, machte sie mit den Armen eine kurze Schwimmbewegung, und wenn Rex und sie einen wichtigen Punkt gemacht hatten, sah sie ihn mit einem Blick an, den er schon kannte, als sie noch nicht geboren war: So sahen sich die Spieler der

B-Jugend an, wenn es gut lief: *O.k., Männer, weiter so.*

»Das ist Lieneke, das ist, wie sie ist«, dachte Rex.

Es kam ihm vor wie ein Verstoß gegen etwas Vorherbestimmtes, aber die Franzosen holten auf. 12:12, 13:13, und nach ein paar Fehlern von Rex, der »Laß mich!« schrie, wenn er den Ball besser Lieneke gelassen hätte, war der zweite Satz plötzlich beendet: 15:23 für Frankreich. Ein dritter Satz mußte die Entscheidung bringen.

Jetzt waren sie von Beginn an dauernd im Gleichstand. Es wurde wenig gelacht und gesprochen, das Mädchen zählte monoton. Bei 8:7 für Frankreich ließ sie die Seiten wechseln. Obwohl die Fehler immer zahlreicher und kurioser wurden, hielten sich die Mannschaften mit wachsender Genauigkeit die Waage.

»In Ordnung«, dachte Rex, »das Ergebnis dieses Spiels bedeutet etwas. Wenn wir gewinnen, heirate ich sie.«

Die Kühnheit dieses Vorsatzes überwältigte ihn, und er verfehlte einen Ball, weil er da stand und träumte, wie er seinen Kindern, wenn sie alt genug dafür wären, erzählen würde, daß ein simples Badmintonspiel über ihre Existenz entschieden hätte.

»Dranbleiben«, nickte Lieneke, und sie ballte die Faust.

»Vielleicht werde ich sie ja heiraten«, sagte Rex zu Saskia, die auf ihren Knien von der Seitenlinie aus zuschaute, ihren Korb neben sich im Sand.

Aber es schien, als ob eine diabolische, nach Gleichgewicht strebende Kraft sich dieses Spiels bemächtigt hätte. Es stand 15:15 und 16:16; als seien sie ein Zweigestirn, schwebten die beiden Mannschaften gemeinsam einem immer höheren Ergebnis entgegen. Der kahle Junge bekam die Chance, mit einem einfachen Schlag das Spiel zu beenden, traf aber nur mit dem Holz; ein Matchball für Rex landete dicht hinter dem Eckstein im Aus; beim Matchball für die anderen schlug er unter dem Ball her, aber dank eines Verzweiflungsschlags von Lieneke mit dem Rücken zu den Gegnern überlebten sie es.

»Ich tue es«, dachte Rex.

18:18, 19:19, 22:22, es war absolut lächerlich, aber es schien, als sei nichts daran zu machen.

Frankreich–Niederlande dauerte schon mindestens eine dreiviertel Stunde, der Schatten des Felsens erreichte das Spielfeld, kroch ihnen langsam die Beine hoch. Ausgepumpt taumelten die Spieler durch den lockeren Sand, ihre Körper glänzten vom Schweiß, keiner war mehr in der Lage, den Ball richtig zu treffen. Nach einem nicht erreichten Return stolperte der Kahle unter der Leine hindurch und fiel Rex vor die Füße, zeigte auf Riechabstand seinen schuppigen Schädel voller Schweißperlen.

»Uff!« sagte er.

25:25. Hatte es einen solchen Spielstand schon jemals gegeben? Es war furchtbar, als wollte der Zufall sie an der Nase herumführen, als ob sie es ebensogut bleiben lassen könnten – und während er wußte, daß über sein Leben entschieden wurde, hatte Rex Mühe, ein hysterisches Lachen zu unterdrücken.

Die Gleichgewichtskraft hatte sich so beständig gezeigt, daß es niemand glauben wollte, als der Kahle einen allereinfachsten Lob von Lieneke verfehlte und das Spiel aus war: 15:10, 13:15 und 30:28 für die Niederlande. Verblüfft starrten alle auf den Federball, der wie eine ausgestellte Mondfähre auf einem kleinen Sandhaufen senkrecht stehengeblieben war.

»Ja!« rief Lieneke.

Eine Viertelstunde später saßen sie vor dem Zelt der Franzosen und tranken Wein. Es stellte sich heraus, daß sie Musiker waren, Mitglieder der Punk-Rockgruppe »Far Out« aus Lille. Der Lange war Gitarrist und Lead-Sänger, das Mädchen seine Freundin, der Kahle Schlagzeuger. Sie bekamen ein Poster und eine Demo-Cassette. Eine Revanche oder weitergehende Verbrüderung war nicht drin: Ihr Urlaub war vorbei, morgen begann die lange Rückfahrt nach Norden, in drei Tagen wurden sie schon wieder auf der Bühne erwartet.

Während Rex zurückgelehnt die Nebelfahnen über der Pier beobachtete, besprach Lieneke mit der Wirtin das Siegesmahl. Keines der Restaurants in Marina di Camerota hatte eine echte Speisekarte, Wirt und Kunde waren abhängig vom Fang des Tages. Das war nicht weiter schlimm, es kamen jeden Tag Gerichte mit Fischen auf den Tisch, deren Namen unübersetzbar waren, weil sie nur im Golf von Policastro herumschwammen.
Das Gespräch floß nicht wie üblich, und das Schweigen ebensowenig. Rex mußte sich eingestehen, daß er verlegen wie ein Schuljunge war, davon zu beginnen, was das Schicksal entschieden hatte. Da stach die liebe Lieneke schon wieder eine Gabel in einen Fisch, nicht ahnend, was er mit ihr vorhatte. Das war grausam, das mußte er

so schnell wie möglich hinter sich bringen. An der Pier lief verspätet ein kleines Fischerboot ein – wie konnte er sich überhaupt einbilden, daß sie ihn wollte?

»Mir hat das Badmintonspiel gefallen«, sagte Lieneke. »Und ich fand es schön, daß wir gewonnen haben.«

Sie schwieg eine Weile, sie sah Rex mit unsicherem, ein wenig traurigem Blick an. »Ich weiß nicht, wie ich es sagen soll, aber ich hatte in einem bestimmten Moment das Gefühl, vom Ergebnis hinge irgend etwas ab.« Sie schaute hinunter, auf ihren Fisch.

»Warte«, sagte Rex. »Du beschämst mich. Ich wollte genau das gleiche sagen. Warum sind Männer in solchen Dingen auch immer feiger als Frauen?« Er sah ihr in die Augen. Auf ihrem Kopf ragte die Haarsträhne auf, die sich von keinem Friseur hatte bändigen lassen und die sie Fotoalbum für Fotoalbum begleitete. »Ein unglaublich junger und aufgeweckter Page« – so hatte er sie einmal insgeheim genannt, und so sah sie in diesem Moment aus.

»Ich bin verrückt genug, dich zu heiraten«, sagte er. »Ich weiß nicht, ob du auch verrückt genug dafür bist ...«

Klang das vielleicht logisch?

Lieneke schaute über den Hafen. »Ich bin hier gezeugt worden, weißt du das?«

»Wirklich?«

»Ich möchte dich auch heiraten.«

»Ja?«

»Ja.«

Sie lachten beide kurz auf und schwiegen. Sie aßen weiter. Fischmesser gab es in Marina di Camerota nicht. Aus dem Radio in der Küche klang der große Sommerhit, wie alle italienischen Schlager passend und geeignet, um wem auch immer klar zu machen, daß er sich nicht über die simpelste Sentimentalität erhaben zu fühlen braucht.

»Ein richtiger conversation killer, so ein Heiratsantrag«, sagte Lieneke.

»Ja.«

Sie streckte die Hand aus, er nahm sie in seine. Sie sahen sich an und lächelten.

»Gerade in dem Café, während du gespielt hast, weißt du, was ich mir da überlegt habe? Wen ich als Trauzeugen nehmen soll. Ja, sollen wir heiraten? Im Februar oder so?«

»Gut«, sagte Rex. »Ich habe eine Erektion. Weißt du, was das für eine Erektion ist? Nichts Sexuelles, das hat damit nichts zu tun. Das ist die Erektion von damals, als ich mit einem Freund in unserem Schuppen zum ersten Mal eine Zigarette rauchte. Die Erektion vor lauter Aufregung, etwas Spannendes zu tun. So ergeht es mir jetzt auch mit dir. Es ist aufregend, weil es neu ist, aber auch, weil ich Gesetze übertrete, die eigentlich immer noch gelten. Und du weißt, welche das sind. Und du weißt auch, daß wir jetzt darüber reden müssen.«

»Saskia.«

»Ja.«

»Denkst du oft an sie?« Sie schluckte.

»Jeden Tag sicher einmal.«

Sie schwiegen, Lienekes Gabel kratzte schrill über den Teller.

»Hast du mit ihr mal übers Heiraten gesprochen?«

»Ja, aber nur … äh, kiddingly. Sie war noch zu jung.«

»Sie war ein Jahr älter als ich!«

»Du bist eine andere. Und *ich* bin ein anderer. Natürlich hätten wir geheiratet und wären auch schon lange wieder geschieden. Oder auch nicht. Darum geht es nicht.«

»Das weiß ich. Weißt du, ich habe mich nie getraut, von Saskia anzufangen.«

Es war abgeräumt, sie tranken Wein und rauchten, und mit jeder neuen Zigarette überschritt Lieneke ihren Tagesdurchschnitt von einer immer weiter. Die Wirtin verzichtete auf ihr übliches Nachtischgespräch.

»Ich habe mich nie getraut, weil ich mir nur dumme Fragen ausdenken konnte. Ich habe nicht die geringste Ahnung, wie das für dich ist.«

»Ich finde es nicht schlimm, wenn du dumme Fragen stellst.«

Sie schwiegen kurz, als nähmen sie Anlauf für den Sprung auf dieses Gebiet.

»Hast du ein Bild von ihr bei dir?«

»Das ist keine dumme Frage. Ja. Sehe ich es mir manchmal an? Nein.«

»Wo hast du es denn?«

»Im Portemonnaie. Irgendwo weggesteckt.«

»Wie war sie eigentlich?«

»Sie selbst. Nicht einfach. Schön und sexy, und Staubsaugen gefiel ihr, weil das Kabel auf einen Rutsch wieder reinflutschte, wenn sie fertig war. Naja, solche Banalitäten halt. Man empfindet die Liebe am leichtesten im Schmerz. Sie hat mir nie die Chance gegeben, sie nicht zu lieben. Das finde ich manchmal anmaßend von ihr.«

»Weißt du, was ich einmal gemacht habe? Ich bin zum Pressedienst gegangen und habe mir die Mappe mit den Zeitungsberichten über sie geben lassen.«

»Ja?« Er legte seine Hand auf ihre. »Liebling, du hättest doch meine haben können.«

»Ich habe mich nicht getraut, dich darum zu bitten.«

»Einen Unterschied wird's wohl nicht machen. Meine wird wohl dicker sein, aber mehr wird auch nicht drin stehn.«

»Du sagtest, ich dürfte dumme Fragen stellen. Hoffst du manchmal, daß sie zurückkommt?«

»Nein. Aber ich stelle es mir manchmal vor. Dann bin ich immer irgendwie enttäuscht. Als hätte ich die acht Jahre umsonst gelebt. Ich werde dir etwas sehr Billiges sagen: Wenn sie zurückkäme, würde ich bei dir bleiben. Aber wenn ich zurück könnte zu dieser Tankstelle, dann würde ich es tun. Das sage ich ehrlich, es hat keinen Zweck, darüber zu sprechen und nicht ehrlich zu sein.«

»Ich finde es nicht schlimm.« Sie sah ihn mit einem tapferen Lächeln an.

»Aber weißt du, was das Schlimmste ist? Das Nicht-Wissen. Mit zwei Dosen durch die Tür, und schwupp, weg.

Als hätte jemand beschlossen, daß ihre Atome nicht mehr zusammengehören sollten. Sie verloren zu haben ist o. k., aber das Nicht-Wissen nicht. Das ist unerträglich. Damit kann man die Gedanken spielen lassen. Dann kriege ich zum Beispiel zu hören, daß sie irgendwo lebt, daß sie sehr glücklich ist und so weiter. Und dann darf ich wählen: Sie lebt weiter wie jetzt, oder ich erfahre alles, im Tausch gegen ihren Tod. Dann lasse ich sie sterben.«

Seine Geschichte wurde zu schwer, er ließ sie aus eigener Kraft weiter durch seine Gedanken rasen. Er hoffte, es würde sich eine Gelegenheit ergeben, von etwas anderem anzufangen, und er war Lieneke dankbar dafür, daß sie die Fragen, die sie noch hatte, nicht mehr stellte.

Es waren schließlich die Franzosen, die Rettung boten. Sie gingen auf der Wasserseite des dunkler gewordenen Kais, so leise, daß sie schon fast vorbei waren, als Rex und Lieneke sie sahen.

Sie hoben die Gläser.

Der Lange und das Mädchen erwiderten den Gruß mit einer Hand und einem leichten Beugen des Kopfes, der Kahle schlenderte hinter ihnen her, ohne auf- oder sich umzusehen.

»Dumm, daß wir kein Gruppenfoto mit ihnen gemacht haben«, sagte Rex.
»Ich weiß eine schöne Möglichkeit, das wiedergutzumachen«, sagte Lieneke. »Sie kommen doch aus Lille? Das ist nicht so weit. Wir laden sie ein, auf unserem Fest zu spielen, wenn wir heiraten.«
»Far out«, sagte Rex.
Sie lachten. Jetzt kam die Wirtin und mischte sich ein. Sie verlangte von Lieneke, ihr zu sagen, warum sie denn so geheimnisvoll getan hätten. Und als sie es erfahren hatte, küßte sie sie und Rex und stellte unaufgefordert drei Gläser billigen Champagner auf den Tisch.

Lieneke hörte ein Geräusch, das nicht in die zirpenden, rauschenden Nächte von Marina di Camerota gehörte. Es war dicht neben ihr, ein gequälter, ängstlicher Ton, der sie hellwach machte.
Es war Rex. Er redete öfter im Schlaf, aber dies war ganz anders, eine Art Stöhnen, das ihr Schauer über die Haut jagte. Es hörte sich an wie »gahd, gahd!«, klägliche Schreie, die stärker wurden und in Weinen übergingen.

Sie versuchte, ihn wach zu rütteln, aber er schlug sie heftig von sich und rief. »Nein! Nein! Gahd!«
Seine Rufe schallten durch das gekachelte Zimmer, betelnd, als litte er entsetzliche Schmerzen.
Ein Zittern lief ihr über den Rücken; sie hatte dicken, eiskalten Schweiß gespürt. Im fahlen Licht, das noch über dem Meer hing und durch das offene Fenster ins Zimmer fiel, sah sie sein Gesicht – seine Augen standen weit offen.
»Liebling! Liebling, was ist denn?«
»Gahd! Gahd! Das goldene Ei!«
»Rex, Liebling, in Gottes Namen, wach doch auf. Was ist mit dem goldenen Ei? Du hast einen Alptraum. Soll ich ein kaltes Handtuch holen?«
»Entsetzlich! Entsetzlich!«
Seine Stimme kam aus einer solchen Tiefe, daß sie sich voller Widerwillen von ihm abwandte. Was sollte sie tun? Sie konnte nur warten, bis sein Alptraum vorbei war – aber wie lange würde sie dieses unmenschliche Weinen ertragen?
Sie stellte fest, daß sie selbst weinte; ihr Kissen war von Tränen durchnäßt.

3

1950 war Raymond Lemorne sechzehn Jahre alt.
Als er an einem Wochenende mit seiner Mutter bei seinem Onkel und seiner Tante in Dijon zu Besuch war, gingen die Erwachsenen am Sonntagvormittag weg, und er blieb allein im Haus. Die Wohnung lag im zweiten Stock eines Mietshauses, und er stellte einen Küchenstuhl auf den hinteren Balkon und begann, ein Buch zu lesen. Nach einer Weile legte er das Buch weg und lehnte sich über die Brüstung. Unten lag ein kurzgemähter Rasen, der, unterbrochen von zwei Fußwegen, bis an das nächste Haus heranreichte. »Wenn ich springen würde«, dachte er.
Irgendwo im Haus war Musik zu hören, Jazzgeige. Stéphane Grapelli? Von Musik hatte er nicht viel Ahnung. Sein Lieblingsfach war Chemie. Er wollte Lehrer werden.

Er kletterte auf den Stuhl und setzte sich auf die Brüstung. Mit baumelnden Beinen, die Hände auf den Schenkeln gefaltet, schaute er hinunter auf den Rasen. Der Nachbar spielte eine Platte nach der anderen, alles Jazz, gut anzuhören. Es war Juni, die Sonne schien, der Himmel war streng blau. Drehte sich die Atmosphäre eigentlich mit der Erde, oder war sie eine stillstehende Hülle, in der die Erdkugel rotierte?

Raymond Lemorne fühlte sich vollkommen zufrieden. Er freute sich auf die beiden letzten Schulwochen. Er hatte eine kurze Hose und ein offenes kariertes Hemd an, und der Wind umfächelte ihn kühl. Ab und zu verschaffte ihm der Blick in die Tiefe einen Schauder. Natürlich drehte sich die Atmosphäre mit. Was war er doch für ein Idiot – wie sollte es sonst See- und Landklima geben? Und der Sturm, den das gäbe! Hundert auf der Beaufort-Skala oder so, das müßte er mal ausrechnen. Die Erde würde glattgeschliffen werden, wie eine Billardkugel von einer Poliermaschine!

Er fragte sich, was passieren würde, wenn er spränge. Er bedachte Für und Wider, dabei im Hinterkopf das Gefühl, daß bereits feststand, daß er springen würde. Das fand er seltsam: Wie konnte es feststehen, wenn Springen zweifellos völlig verrückt war? Aber der Gedanke ans Springen *war* in ihm aufgekommen, wie konnte das sein, wenn er nicht wenigstens die Möglichkeit hätte? Und wie sollte er erfahren, ob er wirklich die Möglichkeit hatte – anders als durch Springen?

Ein gordischer Gedankenknoten!

Er saß anderthalb Stunden auf der Brüstung, grübelte über diese Widersprüchlichkeit und andere Dinge, und sprang dann. Er lag sechs Wochen in einem Krankenhaus, mit einem gebrochenen Bein und einem doppelten Armbruch.

Es dauerte einundzwanzig Jahre, bevor Lemorne auf einen vergleichbaren Gedanken kam.

Er war damals Chemielehrer, verheiratet, und er hatte zwei Töchter von elf und dreizehn Jahren. Er wohnte in Autun im Departement Saône-et-Loire und unterrichtete am Gymnasium. An einem schönen Sonntag im Herbst machte er mit seiner Familie einen Ausflug zum Canal de Bourgogne, irgendwo zwischen Dijon und Beaune. An einem breiten, geraden Wasserlauf gingen sie auf einem Leinpfad, Autos durften hier nicht fahren. Die tiefstehende Sonne färbte das Wasser dunkelgrün wie verdorbenen Spinat – ab und zu, imposant in seiner Unbeweglichkeit, glitt ein Lastkahn vorüber. Es waren lange, flache Schiffe mit dem Steuerhäuschen als einzigem Aufbau und fast immer einem kleinen Auto auf der teerschwarzen Ladeluke.

Ein Flußkahn lag am Ufer. Als sie daran vorbeigingen, hörte Lemorne ein dumpf platschendes Geräusch, als versuche eine verletzte Ente vergeblich aufzusteigen.

»Da liegt ein Kind im Wasser!« riefen seine Töchter gleichzeitig.

Lemorne lief die Uferbefestigung hinunter und sprang ins Wasser. Am Heck des Schiffs war ein kleines, nach oben schauendes Gesicht, das unterging und wieder hochkam. Es trieb zur Kanalmitte und begann, in den Bugwellen eines näherkommenden Schiffes zu tanzen. Mit ein paar Schwimmstößen war Lemorne auch in den Wellen und bei dem Kind. Er packte es und schwamm zum Ufer, seine Frau und seine Töchter halfen ihm aufs Trockene.

Es war ein kleines Mädchen in einem karierten Rock. Sie war bei Bewußtsein. Lemorne setzte sie ins Gras, und nach einem Moment stand sie auf.

»Wo ist Bidule?« fragte sie.

»Bidule? Wer ist das?«

»Das ist Bidule! Sie ist ertrunken!« Auf ihrer Stirn bildeten sich Falten der Verzweiflung, sie war nahe daran, zu weinen. Lemorne begriff, daß sie eine Puppe meinte, die ins Wasser gefallen war.

Er nahm sie bei der Hand, und zusammen gingen sie zurück zum Schiff.

Mit Gebärden wie Vogelscheuchen, die plötzlich entdeckten, daß sie lebten, kamen ein Mann und eine Frau die Laufplanke hinunter. Die Frau weinte und riß das Mädchen an sich, Lemornes Töchter begannen auch zu weinen.

Einen Augenblick später saßen alle in der Kombüse und tranken Kaffee, Lemorne in trockenen Kleidern des Mannes. Das Mädchen hatte wieder einen karierten Rock an, aber mit anderen Farben. Sie war schweigsam, noch unter dem Eindruck des Verlusts ihrer Puppe.

Lemorne sah sich schon in der Kirche bei ihrer Erstkommunion, als Trauzeuge bei ihrer Hochzeit, und er weigerte sich, seine Adresse zu nennen. Er lächelte insgeheim über das enttäuschte Gesicht von Denise, seiner jüngsten Tochter, die wahrscheinlich eine Millionenbelohnung in den Sternen verschwinden sah. Er akzeptierte allerdings die Kleider als Geschenk und das Einkaufs-

netz, in dem er seine eigenen, ausgewrungenen Kleider mitbekam.
Im schönsten Sonnenschein schlenderten sie weiter auf dem Leinpfad. Das Bad im Kanal kam ihm nun vor wie ein Glücksfall; Lemorne leuchtete in seinen neuen, perfekt passenden Kleidern, er genoß die schweigende Bewunderung, die ihm bei jedem Schritt zuteil wurde, und er dachte: »Aber wäre ich jetzt wohl auch imstande, ein *Verbrechen* zu begehen?«
Er stellte sich die schrecklichste Tat vor, die ihm auf die Schnelle in den Sinn kam.

Drei Jahre lang verging kein Tag, an dem er nicht mindestens einmal an seinen Gedanken am Kanal zurückdachte. Erst dann drang der Unterschied zu seinem Sprung zu ihm durch. Er konnte auf halbem Wege anhalten! War es denn nicht so, daß das *Fassen* des Gedankens ihn mindestens dazu verpflichtete, den ersten Schritt zu tun?
Eines Tages füllte er einen Bestellschein seiner Schule für Chlorkalk aus. Er brachte den Umschlag selbst zum Hausmeister und dachte: »Jetzt habe ich diesen Umschlag noch in der Hand.«

Als der Chlorkalk geliefert worden war, schloß er sich nach dem Unterricht im Labor ein und folgte mit dem Buch neben sich der Versuchsanleitung. Unter dem Schaumkragen hervor, der sich auf dem erhitzten Kolben bildete, kam Tropfen für Tropfen das Chloroform aus dem kleinen Zapfhahn und verbreitete einen widerlichen, süßlichen Geruch.

Er wiederholte die Prozedur, bis er hundert Milliliter hatte, und füllte sie in ein braunes Fläschchen. Nachdem er alles saubergemacht und aufgeräumt hatte, brachte er das Fläschchen zu seinem Wochenendhaus, einer Ruine zwischen Autun und Saulieu. Er stieg die Leiter zum Dachboden hinauf, und mitten unter den vielen Sachen, die sich vielleicht schon ein Menschenleben lang nicht mehr bewegt hatten, stellte er das Fläschchen in eine Ecke.

Es wurde Weihnachten, Neujahr; er fuhr mit seiner Familie für zwei Wochen in die Normandie in Urlaub.

Am Abend nach der Heimkehr fuhr Lemorne wieder zum Haus. Er ging auf den Dachboden und richtete die Taschenlampe auf sein Fläschchen. Ihm stockte der Atem vor Entzücken und Ehrfurcht. Ihm war, als würde seine Phantasie vor seinen Augen greifbar. Jemand, der bis

zum letzten Schritt tun würde, was er sich am Canal de Bourgogne ausgedacht hatte, hätte das Fläschchen auch hierher gestellt.
Es war kein Unterschied festzustellen.
Es war ein Gedankenspiel, unglaublich spannend.

Das Häuschen, aus einem enttäuschenden Erbe seiner Frau, lag sechsundzwanzig Kilometer von Autun entfernt am Rande eines Weilers, der Effours hieß, und direkt an der Provinzialstraße, aber doch versteckt und allein. Es hatte drei Zimmer und eine Küche, und vor der Tür lag sein Stolz: eine holprige Wiese, halb so groß wie ein Fußballfeld, am Rand ein ekliges Loch, das einmal ein Swimmingpool hatte werden sollen. Das Ganze war durch die Bäume entlang der Straße so gut dem Blick entzogen, daß sogar die Diebe immer daran vorbeigegangen waren; von den Sachen, die Lemorne hergebracht hatte, war nie etwas gestohlen worden.
Aber nach und nach hatte er sie selbst wieder weggeholt; die Pläne, ein wirkliches Wochenendhaus daraus zu machen, waren im Sande verlaufen. Die Bäume hielten außer den Dieben auch viel Licht ab, dabei unterstützt von einem mit Tannen bestandenen Hügel hinter dem

Haus. Die Kinder hatten es unheimlich gefunden. Und so waren Bestecke, Bücher, ein Scrabblespiel wieder nach Autun zurückgeschafft worden. Ein hohes Gerüst mit zwei Haken obendrin rostete in einer Ecke der Wiese vor sich hin, die Farbe war längst abgeblättert: eine Schaukel, auf der kaum geschaukelt worden war.
Und an einem Baum, neben dem dunklen Schlund, in den man mit dem Auto hineinmußte, war nun schon seit Jahren ein Schild mit der Aufschrift A VENDRE befestigt. Darunter stand seine Telefonnummer, aber noch nie hatte ein potentieller Käufer angerufen.

Er nahm das Schild ab und sagte zu seiner Frau, daß er doch noch einmal versuchen wolle, etwas aus dem Häuschen zu machen. Sie war einverstanden, wenn sie nur nicht helfen müßte. Gabrielle, seine älteste Tochter, sagte, daß sie wohl gerne helfen würde, dann könnte sie tischlern lernen. Denise, die jüngere und hübschere, sagte, sie habe absolut keine Zeit. Lemorne wußte, daß er mit beider Desinteresse rechnen konnte, auch wenn er in den Augen von Denise die Vorfreude auf die ausgelassenen Parties erkannte, die sie später in dem Haus geben würde.

An freien Nachmittagen, Abenden und an den Wochenenden fuhr Lemorne nun nach Effours. Er kaufte einen Dachgepäckträger und einen Anhänger, um sein Material zu transportieren. Gabrielle schien sich unter Schreinern etwas anderes vorgestellt zu haben als das endlose Auf-Maß-Hobeln und -Feilen von Brettern und Splitter in den Händen, und nach dem ersten Mal gab sie es auf. Lemorne reparierte die Fensterläden, warf alle Tiere und ihre Nester raus, ließ Elektrizität und Wasser wieder anschließen, stellte einen Kühlschrank auf – genug, um glaubwürdig zu sein, ohne das Häuschen einladend zu machen.

Auf dem Trödelmarkt in Dole kaufte er nach langem Feilschen für achtzig Francs eine alte Einpersonenmatratze. Er nahm sie auf den Kopf und ging so zu seinem Wagen. Hunderte Menschen konnten ihn sehen, sahen ihn auch – und wußten nicht, was sie sahen: einen Schritt zu einer zutiefst verwerflichen Tat. Er fühlte sich königlich verdorben; als habe er einen Unsichtbarkeitstrank getrunken.
Im Häuschen legte er sich auf die Matratze, tränkte ein Taschentuch in Chloroform, drückte die Stoppuhr und

atmete ein. Der Nachmittag im Laboratorium ergriff Besitz von ihm – er verschwand. Er wachte so benommen und elend auf, daß es eine Ewigkeit dauerte, bis er sich an die Stoppuhr erinnerte. Es waren elf Minuten verstrichen. Der Mann, der den Plan ausführen würde, hätte dies auch getan.

Seine Familie kam und sah sich seine Fortschritte an. Lemorne schmunzelte über ihren wohlwollenden Kommentar. Sie tranken ein Glas an einem morschen Tisch, den er auf dem Dachboden gefunden und den er mitten auf die Wiese gestellt hatte. Er wußte, was sie dachten: Papa spinnt ein bißchen mit seiner Bruchbude.

Denise entdeckte, daß der Tisch ein Schreibtisch oder etwas Ähnliches gewesen war; es war eine Schublade darin. Sie zog sie auf und fuhr mit einem Schrei zurück; unzählige rötlich glänzende Kakerlaken wimmelten durcheinander und taten sich an etwas Braunem gütlich: den Resten einer Feldmaus.

»Das war ein schöner Schrei«, sagte Lemorne.

»Ich kann noch viel lauter«, antwortete Denise, bereits von ihrem Schreck erholt.

»Ja?«

»Jaaaah!«

»Waaah«, schrie Lemorne. »Wir machen, wer am lautesten kann.«

Gabrielle und seine Frau machten nicht mit, lachten aber über die Grimassen, die Denise bei ihren Schreien zog.

Am nächsten Abend ging Lemorne zu seinem direkten Nachbarn, einem Bauern auf der anderen Straßenseite, bei dem er schon mal Eier kaufte. Das Gespräch kam auf die Schwierigkeit, alleinstehende Häuser gegen Diebe und Vandalen zu schützen.

»Das erinnert mich daran«, sagte Lemorne, »daß ich gestern mit meiner Familie hier war. Ich weiß nicht, ob Sie uns gesehen haben ...« (der Bauer schüttelte den Kopf) »..., aber als wir ankamen, meinten wir, Geschrei auf unserer Wiese zu hören. Haben Sie vielleicht etwas gehört?«

Der Bauer hatte nichts gehört.

Im April las Lemorne in einer Zeitung von einem Café in Lyon, in dem ein illegaler Waffenhandel ausgehoben worden war. Eine Woche später ging er hin und kaufte sich eine Pistole. Er legte sie auf den Dachboden, neben sein Fläschchen Chloroform.

Wie bekam der Mann, dessen Vorbereitungen er Schritt für Schritt nachspielte, sein Opfer in das Häuschen?

Um den Gedanken zu konkretisieren, legte Lemorne erst fest, wer das Opfer sein sollte. Von der ersten Sekunde an war es ein Mädchen gewesen – vielleicht, weil das gerettete Kind ein Mädchen war. Aber ein Kind durfte es nicht sein: Es mußte jemand sein, der voll und ganz begriff, was ihm angetan wurde.

Also eine Frau, aber nicht zu alt. Sie mußte viel zu verlieren haben und so viel Kummer wie möglich hinterlassen – eine junge, schöne Frau wäre ideal, am besten eine Mutter. Nur so hatte das Gedankenspiel einen Wert.

Aber während er grub, mauerte, die Swimmingpoolgrube einebnete und das Problem der Entführung durchdachte, drang immer klarer zu ihm durch, daß dies ein halbherziger Ansatz war. Was hatte das Nachspielen für einen Sinn, wenn jetzt schon feststand, daß er nicht bis zum Ende gehen würde?

Stand das denn fest? Bewies die Frage nicht, daß es *nicht* feststand? Er beschloß, die Antwort vorläufig offenzulassen.

Es wurde wieder Sommer, und Lemorne unternahm einige lange Fahrten auf den Provinzialstraßen rund um Autun. Anhalter genug, und regelmäßig sah er einzelne Mädchen. Aber wenn er anhielt, tauchte hinter einem Baum oder einer Mauer immer ein junger Mann auf. Lemorne kurbelte dann die Scheibe herunter und sagte: »Ihr seid Betrüger, aber ich nicht. Ich habe Platz für zwei, aber ich habe angehalten, weil ich sie allein mitnehmen wollte.« Und er fuhr weiter.
Mädchen, die wirklich allein waren, sah er nie, und er ließ den Gedanken an eine Anhalterin fallen. Eine Prostituierte? Das war auch eine, die aus eigenem Antrieb einsteigen würde, aber der Gedanke, daß Prostituierte prädestinierte Opfer sind, stieß ihn ab. Außerdem machte sie das berufsmäßig mißtrauisch, wahrscheinlich ließen sie ihre Zuhälter oder Kolleginnen die Autonummern ihrer Kunden notieren.
Eine Schülerin oder eine seiner Töchter kam nicht in Frage, er sah nicht, wie er das hätte tun können, ohne daß die Spur zu ihm führte.
Falls er es täte, ließen sein Chloroform und seine Pistole nur ein Problem übrig: Wie bekam er sein Opfer ins Auto?

Er holte Denise vom Bahnhof ab. Er hielt ihr die Tür auf, ging um den Wagen herum und griff, nachdem er sich gesetzt hatte, hinter ihren Rücken. Er drückte den Knopf des Schlosses herunter, beugte plötzlich seinen Arm und kniff ihr in die Wange.

»Warum machst du das?«

»Weil ich dich lieb habe.«

»Nein … den Knopf.«

»Hast du nicht gelesen, daß neulich auf der Autobahn ein Mädchen aus dem Auto gefallen ist, weil die Tür nicht gut geschlossen war?«

»Nein?«

»Doch, das stimmt, und ich bin knausrig mit euch.«

»Sag mal, Papa«, sagte Denise, »hast du eine Geliebte? Hey, komm, guck nicht so schockiert, ein Mann in deinem Alter hat ein Recht darauf. Gaby hat keine Ahnung, aber die ganze Zeit, wenn du angeblich im Häuschen bist …«

»Hat Mama denn eine Ahnung?«

»Verraten!« Ihre Augen blitzten. »Oder dachtest du vielleicht, daß Mama den Kilometerzähler nicht lesen kann? Komm, erzähl! Wohnt sie in Dijon?«

»Meine liebe Tochter«, sagte Lemorne, »ich ziehe es dann doch vor, schockiert zu sein.«

Er ließ ein Lächeln auf seinem Gesicht erscheinen, mit dem Denise, dem ihren nach zu urteilen, zufrieden war.

Lemornes Auto stand auf der Wiese vor dem Haus. Er füllte eine kleine, verschraubbare Flasche mit Wasser und steckte sie sich in die linke Jackentasche. In seiner rechten Tasche hatte er ein großes Taschentuch.
Er öffnete die rechte Tür, wartete, schloß sie wieder. Er ging hinten um das Auto herum, holte das Fläschchen aus der Tasche, schraubte den Deckel ab und goß das Wasser in sein Taschentuch. Er steckte das Fläschchen zurück, öffnete die Wagentür und setzte sich. Mit der rechten Hand, in der er das nasse Taschentuch hielt, griff er über die Beifahrerlehne zum Verriegelungsknopf der rechten Tür – und krümmte den Arm zu einem zitternden, starken Griff.
Zehn-, zwanzigmal füllte er das Fläschchen und begann von vorn, bis sein Taschentuch einen irritierenden nassen Fleck auf seiner rechten Hüfte hinterließ.
Es klappte nicht immer. Er bekam das Wasser nicht rechtzeitig aufs Taschentuch, oder er hatte die Flasche noch in der Hand, wenn er schon einstieg.
Eine Frage der Übung.

Mit zwanzig Milliliter Chloroform in einem Fläschchen und seiner Pistole in der Tasche fuhr Lemorne nach Dijon. Er parkte in der Nähe des Zentrums in einer breiten, nicht zu belebten Geschäftsstraße mit E-Bussen.

Er wartete auf eine einzelne Frau. Er kontrollierte seinen Puls: hundertzehn.

Im Seitenspiegel wurde ein ungefähr siebzehnjähriges Mädchen schnell größer. Mit pochendem Herzen und zitternden Knien stieg Lemorne aus.

»Entschuldigen Sie bitte, darf ich Sie etwas fragen?«

»Ja?«

»Können Sie mir sagen, wie ich zur Hauptpost komme?«

»Sind Sie mit dem Wagen hier?«

Lemorne nickte, und sie erklärte es. Er achtete darauf, ob sie es richtig machte, und dankte ihr. Er fuhr ein paar Straßen weiter und fragte eine junge Frau, die er allein gehen sah, nach dem Weg zur Post. Sie erklärte ihm, wie er hinkäme. Bei der fünften Frau war sein Puls auf siebzig.

Sie sahen ihn alle offen an und erklärten freundlich, obwohl manchmal nicht korrekt, den Weg zum Postamt. Lemorne erklärte sich die freundliche Art, mit der man ihm half, mit seinem Auftreten, das seine Frau so oft an ihm gerühmt hatte und das ihn in der Schule zu einem beliebten und respektierten Lehrer machte: einnehmend, aber nie vertraulich. Unterdessen mußte er sich ab und zu ein Lachen verbeißen: Die Frauen ahnten nichts von ihrer Rolle! Sie trainierten ihn!

»Fräulein, können Sie mir vielleicht sagen, wie ich zum Hauptpostamt komme?«

»Oh, da muß ich zufällig auch hin.«

»Tja, ich bin mit dem Wagen. Wenn ich Sie mitnehmen darf?«

Sie standen nah bei seinem Auto, er hielt ihr bereits die Tür auf. Diese Wendung, auf die er gehofft hatte, ergab sich erst bei der sechsten Frau.

»Ja …«, aber etwas Düsteres zog vor ihre Augen, etwas Bitteres, »… ich gehe doch lieber zu Fuß.«

»Recht haben Sie!« sagte Lemorne. »Es ist schönes Wetter. Danke!«

Er erkannte seinen Fehler: Für das von ihm ins Auge gefaßte Alter war das Postamt nicht die richtige Wahl. Er mußte ein Kaufhaus nehmen!

Das zeigte sich auch in den nächsten Tagen bei Versuchen in Beaune und Chalon. Mit Chloroform und der Pistole in der Tasche näherte er sich seinen potentiellen

Opfern schließlich, ohne daß ihm heiß oder kalt wurde. Einige Frauen waren gerade unterwegs zu dem Kaufhaus, nach dem er fragte – aber keine stieg ein. Dies war zweifellos nicht die richtige Methode.

Er wurde sich eines anderen, größeren Fehlers bewußt. Wenn er stets Französinnen ansprach, und immer in derselben Gegend, dann erhöhte das unnötig die Gefahr, daß diese Zeuginnen seiner mißlungenen Versuche schließlich vom geglückten in der Zeitung lesen würden. Mit ausländischen Frauen wäre die Erinnerung an einen Mann, der sie in ein Auto hatte locken wollen, über ganz Europa verstreut! Der P*rogrès de Lyon* wurde nicht in Uppsala gelesen! Wie näherte er sich ausländischen Frauen? Ganz einfach: Ganz in der Nähe von Autun war die Autobahn. Und auf einmal sah Lemorne, wie elegant diese Lösung war: Er würde an den Tankstellen nicht nur Tausende von ausländischen Frauen finden, jede Stunde andere, sondern sie waren als solche auch an den Nummernschildern ihrer Autos erkennbar.

Die Prüfungen waren vorbei, die Schule war zu Ende. Lemorne blieben zwei Wochen, bevor er selbst in Urlaub fahren würde. Er nahm ein Maut-Abonnement für die Autobahn, und einen Tag lang stand er bei den Kaffeeautomaten der Minimärkte und beobachtete das Treiben.

Das Muster zeichnete sich bald ab. Der Mann saß am Steuer. Während er tankte, ging die Frau zur Toilette. Danach blieb sie noch kurz im Laden. In der Zwischenzeit war der Mann mit dem Tanken fertig und fuhr den Wagen auf einen der Parkplätze vor dem Minimarkt oder auf den großen Parkplatz. Er kam nicht herein. Wenn die Frau im Laden fertig war, ging sie zu ihm. Sie war zeitweilig von ihm getrennt.

Aber wie sie in den Wagen bekommen?

Eine Erinnerung stieg in ihm auf. Vor ein paar Wochen hatte er eine ihm wildfremde Frau in seinem Auto gehabt. Er hatte sich nichts dabei gedacht, weil es mit ihrem Job zusammenhing – aber war das alles?

Als er in Moulins sein bestelltes Holz abgeholt hatte, war so schnell niemand von den zuständigen Leuten aufzutreiben gewesen. Die Telefonistin war damals zu ihm ins Auto gesprungen, mit ihm zum Lager gefahren und hatte ihm geholfen, das Holz auf seinen Dachgepäckträger zu laden und festzuzurren. Es war keine besonders sportlich aussehende oder kräftig gebaute Frau gewesen, aber sie hatte es mit einer solchen Freude getan, als hätte sie nur auf so einen Job *gewartet.*

Weil sie eine Frau war? Eine Frau schleppte und stemmte nicht – war es das, was ihr Spaß machte? Eine Frau tischlerte nicht – hatte Gabrielle darum tischlern wollen?

Auch wenn es ihr nicht gefiel: Würde sein gegen die Regeln verstoßender Appell an ihre Muskelkraft eine Frau nicht auf dem verkehrten Fuß erwischen? Sie ablenken von ihrer natürlichen Skepsis gegenüber einem fremden Mann?

Eine junge Engländerin stand nachdenklich mit einer Packung Mettwürstchen in der Hand da.

»Entschuldigen Sie bitte, können Sie mir vielleicht helfen?«

Er mußte die Frage wiederholen, sie sprach kein Französisch.

»Können Sie mir vielleicht helfen? Ich muß den Anhänger an meinen Wagen kuppeln.« Anhänger hieß *trailer*, für kuppeln gebrauchte er *couple*, ein Schuß ins Blaue, im Wörterbuch stand auch *hitch* und *pick up.*

»Ich …? Mein Mann …« Ihr Blick suchte draußen Halt, wo ihr Wohnwagen nicht mehr stand. Sie zog die Schultern mit einem Lachen hoch. Der erwartete Effekt: Verwunderung.

»Es dauert nur eine Minute. Helfen Sie mir eben?« Er fragte sie, wie er Schüler bat, neue Kreide zu holen, und als hätte sie schon ja gesagt, ging er zur Tür. Er schaute sich nicht um, ob sie ihm folgte, so würde niemand auf den Gedanken kommen, sie gehörten zusammen, und sie bekäme keine Chance, ihn mit einer höflichen Ausrede abblitzen zu lassen. Würde sie die Mettwürstchen zurücklegen oder erst noch bezahlen? Ein Fehler: Er hätte sie ansprechen sollen, bevor sie etwas in der Hand hatte.

Er blieb an der Beifahrertür seines Wagens stehen, den er hinter dem Minimarkt am Bordstein geparkt hatte, und einen Schritt hinter ihm blieb die junge Frau stehen. Sie hatte keine Mettwürstchen bei sich und schaute sich suchend um.

»Wo ist denn Ihr Anhänger?«

»Oh«, lachte Lemorne, »entschuldigen Sie, daß ich das nicht gleich gesagt habe. Er steht dort.« Er deutete auf den großen Parkplatz, knapp hundert Meter entfernt, wo sein Anhänger auf die Deichsel gestützt stand. »Wenn Sie schon mal hingehen würden?«

Er ging um den Wagen herum, blieb aber stehen und lachte. »Ach ... oder steigen Sie ein, das ist doch einfacher.« Er ging zurück und hielt ihr die Beifahrertür auf.
Ein dunkler Schatten zog vor ihre Augen, wie eine Wolke, die plötzlich über ein sonnenüberflutetes Schwimmbad zieht. Für einen Moment schien sie unentschlossen.
»Ich gehe lieber«, sagte sie abwesend.
»Wie Sie möchten«, antwortete Lemorne.
Er fuhr zu seinem Anhänger, und statt der jungen Frau kam schon bald ein müde aussehender junger Mann, der ihm mürrisch und mißtrauisch half. Recht hatte er, es gab nichts zu helfen, auch wenn zweihundert Kilo Schutt im Anhänger waren. Hatte die junge Frau bereits geahnt, daß Hilfe unnötig war, als er ihr den Hänger zeigte?

Nach mehreren Versuchen, über die er sich Notizen machte, um es nicht zu schnell hintereinander bei derselben Tankstelle zu versuchen, hörte Lemorne auf. Im Prinzip war seine Methode richtig. Die angesprochenen Frauen waren verunsichert, die meisten gingen mit zu seinem Wagen. Aber wenn er auf seinen Anhänger deutete und ihnen vorschlug, zu ihm in den Wagen zu stei-

gen, bekamen sie diesen finsteren, bitteren Zug um den Mund, und ohne Ausnahme hatten sie es fertiggebracht, die Höflichkeit zu brechen. Sie gingen und holten ihren Mann, oder sie überließen ihn seinem Schicksal.
Was nun? Ein Segelboot auf den Anhänger? Einen Wohnwagen? Wo sollte er den lassen? Würden seine Familie, die Nachbarn, die Leute in Effours nicht die Stirn runzeln? Nein – alles, was er tat, mußte verborgen bleiben, wie ein Pflasterstein in einer Straße.

Lemorne hatte Geburtstag, er wurde einundvierzig. Von seiner Frau bekam er einen Pullunder mit dazu passendem Oberhemd, ein paar blaue Unterhosen mit Streifen und eine Kaffeemaschine fürs Häuschen. Von Gabrielle eine Krawatte und eine Lupe, die auch ein guter Briefbeschwerer war. Von Denise einen Blumenstrauß, ein Päckchen *Crousty Miel,* einen Schlüsselanhänger mit einem Metall-R daran und eine Überraschung. Aus alten Lego-Steinen hatte sie ein Häuschen gebaut, dessen Schornstein der Druckknopf eines Achtfarbenstiftes war. Vor dem Haus stand ein Plastikmännchen mit einem Hämmerchen in der Hand. Das war er, und das Häuschen war »das Häuschen«.

Lemorne sah vor sich, wie das Männchen von dem Stift zerquetscht werden würde, wenn es damit zu schreiben versuchte, und lachte laut auf – und plötzlich überfiel ihn ein Schaudern. Er hatte die Lösung gesehen.
Nicht der Anhänger mußte schwerer sein, er mußte schwächer sein. Er mußte zurück zu seinem Sprung.
Vor langer Zeit war er schwach gewesen, man hatte Türen für ihn aufgehalten, seine Tasche getragen; Fremde hatten sich darum gedrängelt, für ihn ein Buch aufzuheben, wenn er es hatte fallen lassen.
Das war, als er das Bein in Gips und den Arm in der Schlinge hatte.

Am nächsten Morgen fuhr Lemorne die hundertfünfzig Kilometer nach Lyon. In einer Apotheke kaufte er ein Dreieckstuch. Im dunklen Gewölbe einer Tiefgarage knotete er es sich um den Nacken, legte den Arm hinein und ging auf die Straße. Er hatte eine Erektion, er fühlte sich königlich, wie im ersten Anflug eines Rausches von einem guten Wein.
Er kaufte ein Kilo Äpfel und ließ sie sich in einer Plastiktüte geben; mit der Tüte in der einen Hand und dem anderen Arm in der Schlinge ging er den ganzen Nachmittag in

Empfangshallen von Hotels, Kinofoyers und Gaststätten ein und aus, und überall eilten Leute herbei, um ihm die Tür aufzuhalten. Ein Behinderter konnte nichts! Man mußte ihm helfen! Stundenlang lief er durch die Stadt, ab und zu befürchtete er, mitten auf dem belebten Boulevard in ein unbezwingbares Gelächter auszubrechen. Sie sahen ihn und wußten nicht, was sie sahen: die Lösung eines Rätsels, das erst noch gestellt werden sollte!

»Pardon. Können Sie mir vielleicht helfen?«

Die junge Frau schaute auf seine Armschlinge. »Das kommt darauf an«, antwortete sie. Für eine Niederländerin sprach sie hervorragend Französisch.

»Ich muß meinen Anhänger an den Wagen kuppeln. Das ist schwierig hiermit.«

»Remorque?«

»My trailer. Little trailer.«

Sie zog den Mund schief und schaute nach draußen, wo ihr Mann gerade von der Zapfsäule weggefahren war.

»Ich bin nicht stark«, sagte sie.

»Es wird schon gehen«, lachte Lemorne. »Helfen Sie mir eben?«

Unsicher zog sie die Schultern hoch.

»Merci«, sagte Lemorne und ging hinaus. Sie folgte; er gratulierte sich selbst zum vorhergesehenen einfachen Gelingen seiner Überrumpelung: Nichts deutete darauf hin, daß sie es seltsam fand, daß er mit dem Arm in der Schlinge Auto fuhr.

Sie standen bei seinem Wagen, die junge Frau schaute sich suchend um.

»Wo ist er denn?« fragte sie.

Lemorne zeigte mit ausgestrecktem Arm. »Da, das hätte ich Ihnen vielleicht sofort sagen sollen. Ich fahre eben hin. Wenn Sie …«

Eine Erstarrung war über ihr Gesicht geglitten, etwas Düsteres – aber es war schon vorbei.

»Dann steige ich kurz ein«, sagte sie mit Widerwillen. Sie öffnete die Tür und setzte sich.

Lemorne ging herum, griff mit der rechten Hand in die Schlinge und hörte einen Schrei, gefolgt vom Geräusch bremsender Reifen und einem dumpfen Schlag.

Durch die Luft wirbelte ein Körper. Er fiel zu Boden und blieb in einer unnatürlichen Haltung liegen. Von allen Seiten kamen Menschen angerannt, im Nu hatte sich ein Kordon aus bunten Urlaubskleidern gebildet. Die junge

Frau stieg aus, rief ihm etwas zu, was er nicht verstand, und lief auch hin.
Gleich darauf sah Lemorne sie und den Mann, zu dem sie gehörte, Hand in Hand am Unglücksort stehen.
»Schicksal«, dachte er und fuhr davon.

Auf dem Weg nach Autun fuhr er über Effours, um einen Karton Fliesen, die er früher am Tag gekauft hatte, ins Häuschen zu bringen.
Er bog auf seine Wiese ein und sah ein halb aufgebautes orangefarbenes Zelt. Im Gras lagen zwei Jungen, die erschrocken aufsprangen. Anscheinend deutsche Anhalter, Jungen von ungefähr siebzehn Jahren. Sie sprachen kein Französisch, Lemorne mußte seine Deutschkenntnisse ausgraben. Die Jungen waren ziemlich außer Fassung und verunsichert über sein Auftauchen. Sie hatten keinen Campingplatz mehr erreichen können und gedacht, eine Nacht hierbleiben zu können.
Sie waren seit einer halben Stunde hier. Nein, niemand hatte gesagt, sie dürften hier zelten. Sie hatten erst noch eine Zeitlang an der Straße gestanden und waren getrampt. Sie hatten niemanden gesprochen, sie waren im Dorf abgesetzt worden und dann hierher gelaufen. Wenn

sie bleiben dürften, würden sie morgen so früh wie möglich verschwinden.

»Ja, geht in Ordnung«, sagte Lemorne.

Er setzte sich in sein Auto und dachte nach. Durch die Windschutzscheibe sahen die Jungen ihn mit noch nicht ganz sicherem Lächeln an. Lemorne nahm die Pistole aus dem Handschuhfach und stieg aus. Er wählte einen der beiden Jungen als ersten und erschoß ihn. Er hatte den anderen auch sofort erschießen wollen, aber die Art, wie die Unterlippe des Jungen von seinem Schnäuzer herabsackte, lähmte ihn, und es dauerte ein paar Sekunden, bis er wieder schoß.

Er lud die Leichen in sein Auto und brach das Zelt ab. Er verfluchte die Jungen, daß er nun alle ihre Heringe wieder aus dem Boden ziehen mußte.

Als auch das Zelt im Wagen lag, ging Lemorne zum Bauern gegenüber und kaufte ein Dutzend Eier. Das Gespräch kam auf den Urlaubsbetrieb im allgemeinen und auf Anhalter im besonderen.

»Man sieht ziemlich viele dieses Jahr«, sagte Lemorne.

»Man sieht sie sogar hier«, meinte der Bauer. »Vor ungefähr einer Stunde standen da noch zwei vor Ihrer Einfahrt.«

»Wirklich? Ich habe nichts gesehen.«

»Dann werden sie wohl mitgenommen worden sein.«

»Ich nehme nie Anhalter mit«, sagte Lemorne.

Der Bauer zog die Schultern hoch. »Ich wohl manchmal«, sagte er.

Sein Maut-Abo erwies sich jetzt als nützlich. Lemorne fuhr in Richtung Süden, bis es dunkel war. In den Bergen zwischen Lyon und St. Etienne warf er die Leichen und das Zelt in eine Schlucht an einem Forstweg.

Auf dem Rückweg dachte er über die Frage nach, ob er nun wohl bis zum Äußersten den Schritten desjenigen folgen würde, der auch den allerletzten tun würde. Seit dem Moment am Canal de Bourgogne waren beinahe vier Jahre verstrichen, und eins, seit er den Chlorkalk bestellt hatte – und noch immer wußte er es nicht!

Als er nach Hause kam und die Eier von der Rückbank nahm, sah er, daß er vergessen hatte, die Fliesen ins Häuschen zu tragen.

Der nächste Tag war strahlend und hell, und Lemorne schlug vor, baden zu gehen. Seine Frau hatte keine Lust, und er fuhr mit Gabrielle und Denise zu einem kleinen See ein paar Kilometer vor Autun. Es herrschte Hochbetrieb, und auf der glatten Wasseroberfläche voll seltsam abgeschlagener Standbilder erkannte er verschiedene Schüler.

Ausläufer des Hügels und gigantische Baumwurzeln teilten das Ufer in zahllose Strandparzellen. Da sie nicht früh genug gekommen waren, mußten sich Lemorne und seine Töchter mit einer kleineren begnügen, aber auf die eine oder andere Weise kamen immer mehr Jungen ausgerechnet bei ihnen aus dem Wasser oder den Hang hinab. Viele von ihnen blieben und unterhielten sich mit Gabrielle und Denise oder untereinander; wenn sie seine Schüler waren, nachdem sie ihn höflich gegrüßt hatten.

Lemorne las die Zeitung. Auf den Regionalseiten suchte und fand er das Unglück, das er an der Tankstelle gesehen hatte. Das Opfer war ein einundzwanzigjähriger Engländer namens L. Bodding aus Hull, und er war glimpflich davongekommen: eine leichte Gehirnerschütterung und ein gebrochenes Bein.

Sein Strand wurde immer voller. Lemorne hatte bereits einmal zum Rand rutschen müssen, mindestens zwölf Jungen saßen nun da, und immer noch nur zwei Mädchen: seine Töchter.

Lemorne stand auf, räusperte sich und bat um Ruhe.

»Jungs«, sagte er, »ich habe euch zweierlei zu sagen. Erstens habe ich gesehen, daß einige von euch Zigaretten bei sich haben. Einige haben sogar versucht, sich heimlich eine anzustecken. Das ist nicht nötig. Es sind Ferien, und für Schüler, die ich hier sehe, gilt, daß auch die Schulordnung Ferien hat. Zweitens …«, weil laut gejubelt wurde, machte er eine kurze Pause, »… gebe ich ein Eis aus. Aber so gutmütig, wie ich scheine, bin ich nicht, denn ich denke nicht im Traum daran, selbst nach oben zu gehen.«

Er hielt einen Hundert-Franc-Schein in die Luft, man hörte vielstimmiges Ja-Ja-Gerufe, und fünf Minuten später hatte jeder ein Eis. Um ein Uhr ging Lemorne. Gabrielle und Denise wollten bleiben, und nachdem sie ihm versprochen hatten, pünktlich zu Hause zu sein, ließ er ihnen noch etwas Geld für Süßigkeiten und den Bus da.

Lemorne aß mit seiner Frau zu Mittag, half ihr beim Packen für den Urlaub, der in vier Tagen beginnen würde, schlief eine Stunde, und um fünf Uhr fuhr er zur Autobahn.

Bei der großen Wiese kuppelte er den Hänger ab, fuhr zurück und parkte sein Auto am Bordstein auf der Rückseite des Minimarktes. Er entkorkte sein Fläschchen Chloroform und verstopfte den Hals mit einem Lappen. Er knotete sich die Schlinge um, hängte den linken Arm hinein und schob dann das Fläschchen, den Boden voran, hinterher.

Er stieg aus und atmete die herrliche, prickelnd mit Auspuffgasen angereicherte Abendluft ein. Das war der Geruch von Reisen und von Erwartung, er fühlte sich schon heimisch an den Tankstellen – sich ewig erneuernde Dörfer, in denen man in allen Ländern sogleich das Abenteuer verspürte.

Er ging zum Ende der Wiese und wieder zurück und genoß die Blicke der ballspielenden und im Gras ruhenden Leute auf seine Armschlinge.

Die langbeinige junge Frau zog zwei Dosen Cola aus dem Automaten.

»Entschuldigen Sie«, sagte Lemorne, »können Sie mir vielleicht helfen? Ich will einen Anhänger ankoppeln, und das geht so nicht.« Er hob den Arm in der Schlinge an. Was für eine Entdeckung die Schlinge doch war – ihre Reserviertheit verschwand, noch bevor ihr Blick seinen Arm verlassen hatte.

»Ich …? Oui, naturellement.« Die letzte Silbe war eine freundliche Tonlage höher. »Gebrochen?«

»Ja, beim Tennis.« Er machte mit dem rechten Arm eine Vorhandbewegung. »Ausgerutscht und bumm … Arm gebrochen.«

»Das ist nicht schön«, sagte die junge Frau.

»Helfen Sie mir eben?«

Er ging nach draußen, sie ging mit.

»Ja … wo steht denn Ihr Anhänger?«

»Oh, da«, sagte Lemorne. »Entschuldigung, das hätte ich dazusagen sollen. Jetzt müssen Sie dort hinübergehen.«

»Das ist nicht so schlimm.«

»Ja … oder Sie steigen ein. Ich muß da schließlich auch hin.« Er lachte und hielt ihr die Tür auf.

»Ja, das ist einfacher«, sagte sie, aber ihre Stimme war plötzlich tonlos, und sie blieb stehen.

»Steigen Sie ein«, sagte Lemorne.

Sie drückte die Cola-Dosen an sich, und über ihr Gesicht glitt der Schatten, den Lemorne schon bis zum Überdruß gesehen hatte, wenn er einer Frau vorschlug einzusteigen.

»Ich weiß nicht«, sagte sie zu sich, kaum hörbar, als

hätte sie an etwas ganz anderes gedacht. »Nein, ich laufe lieber.«
Gemeinsam koppelten sie Lemornes Anhänger an. Mit der rechten Hand machte er die schwerere Arbeit, sie sorgte dafür, daß die Klaue der Deichsel genau auf die Kupplungskugel kam.
Er schaute ihr nach, bis sie bei ihrem Auto war. Sie sagte etwas zu ihrem Mann, wonach beide in seine Richtung sahen.
»Merci!« rief Lemorne und winkte ihnen.
Er stieg ein, wartete, bis sie wegfuhren, und nahm seine Schlinge ab. In sein Notizbuch schrieb er: *Mobil ›Le Chien Blanc‹ ; 28.7.75 18.00-18.15 Uhr.*
Als er sich seine älteren Notizen ansah, stellte er fest, daß er zwei Tankstellen weiter noch einen Versuch wagen konnte.

Aus einem niederländischen Auto stieg eine ungefähr fünfundzwanzigjährige junge Frau, die ihn an Denise erinnerte. Lemorne stand am Kaffeeautomaten und sah, wie sie an ihm vorbeiging, in den Gang zu den Toiletten.
Es war kurz nach sieben Uhr, aber noch so voll, daß vor

allen Zapfsäulen Schlangen standen. Das machte es unwahrscheinlicher, daß ihr Mann weg war, bevor sie den Laden wieder verließ.

Er hatte genug von dem ewigen Warten bei den Automaten und ging nach draußen. Bei den Türen blieb er stehen und schaute zu, wie der Niederländer zur Zapfsäule vorrückte. Würde die junge Frau lange genug auf der Toilette bleiben? Wenn er, was das anging, an die Rekordzeiten von Gabrielle und Denise dachte, hatte er noch eine Chance. Plötzlich sah er, daß ein Mann eine Aufnahme von zwei kleinen Kindern machen wollte, die dicht neben ihm vor der Tür standen, und er trat einen Schritt zur Seite.

Der Niederländer bezahlte, und Lemorne ging wieder hinein. Direkt hinter den Glastüren kam ihm auch schon die junge Frau entgegen, die Denise ähnelte.

Er ging durch zum Kaffeeautomaten und hielt Ausschau nach einem anderen geeigneten Opfer. Zehn, zwanzig Frauen gingen an seinem prüfenden Blick vorbei zur Toilette. Er hakte sie ab, und gleich darauf waren sie mit Kaffeebechern oder Dosen in der Hand wieder draußen, ohne zu ahnen, daß sie den wichtigsten Moment ihres Lebens hinter sich gebracht hatten.

Er sprach eine Belgierin an, aber sie gab vor, ihn nicht zu hören, eine nicht gerade häufige Reaktion. Lemorne bekam Durst und warf zwei Francs in den Getränkeautomaten. Er versuchte, sein Schweppes-Tonic nur mit der rechten Hand aus der Luke zu fummeln, aber das gelang mit der elenden Schlinge nicht. Es war eine Situation, von der er schon früher festgestellt hatte, daß sie wie ein Topf Honig auf Fliegen wirkte. Aber wählen konnte er in so einem Fall nicht, und nun war es ein ungefähr sechzigjähriger Deutscher, der in die unbeabsichtigte Falle ging. Es stellte sich heraus, daß er mit elf Jahren vom Baum gefallen war. Er öffnete Lemorne die Dose und wünschte ihm gute Besserung.

Lemorne trank die Dose leer, warf sie in den Abfalleimer und beschloß zu gehen: Er durfte nicht zu lange an einem Ort bleiben.

Er ging zurück zum Wagen, nahm seine Schlinge ab und notierte: TOTAL *›Venoy-Grosse-Pierre‹; 28.7.75 19.00–19.20 Uhr.*

Er kuppelte den Anhänger wieder an und schaute dabei über die Wiese, wo Leute Fußball spielten, am Zaun saßen, lang ausgestreckt im Gras lagen.

Als er startete, sah er auf der Benzinuhr, daß er tanken mußte. Er fuhr zurück zu den Zapfsäulen, wo immer noch Schlangen standen. Das kalte Tonic hatte seine Blase schon erreicht, und nachdem er bezahlt hatte, parkte er beim Minimarkt neben einem großen Truck mit Aufleger.

Als er von der Toilette kam, sah er die junge Frau, die ihm schon vorhin über den Weg gelaufen war, die Niederländerin, die etwas Ähnlichkeit mit Denise hatte. Sie stand hinten im Laden, beim Getränkeautomaten, allein.

Obwohl er für solche Situationen nichts vorbereitet hatte, ging Lemorne zum Kaffeeautomaten. Er warf zwei Francs in den Schlitz und drückte auf den Knopf für schwarzen Kaffee mit Zucker.

Während sein Becher vollplätscherte, suchte die Niederländerin in ihrem Portemonnaie. Sie machte es sich dabei unnötig schwer, weil sie die ganze Zeit den Autoschlüssel in der Hand behielt.

Sie sah ihn an und kam einen Schritt auf ihn zu.

»Pardon«, sagte sie, »sprechen Sie Französisch?«

»Ich bin Franzose«, antwortete Lemorne.

»Mir fehlt ein Franc für den Automaten. Haben Sie Wechselgeld mit einer Francmünze dabei?« Sie sprach gut, aber bedächtig Französisch.

»Ich schau mal nach«, sagte Lemorne. Er holte sein Portemonnaie aus der Tasche. Ihre kleinste Banknote waren zehn Francs, die er nicht wechseln konnte; sie mußten kurz über ihre vergeblichen Versuche lachen, das zu wechselnde Geld richtig gegeneinander aufzurechnen.

Sie ging zur Kasse und wechselte dort.

Lemorne nahm noch einen Schluck von seinem Kaffee. »Komm«, sagte er zu sich. Er holte seinen Autoschlüssel aus der Tasche und spielte gedankenlos damit.

Die junge Frau kam zurück und zog eine Dose Fanta und eine Dose Bier. Sie lächelte Lemorne kurz an. Für einen Moment sah es so aus, als schaue sie auf seine Schlinge – aber die hatte er nicht mehr um!

Lemorne schnalzte mit der Zunge, ihm fiel nichts ein, was er hätte sagen können.

Die junge Frau kam einen Schritt auf ihn zu.

»Darf ich mal sehen?« fragte sie.

»Was meinen Sie?«

Sie deutete auf seine Hand, in der er seine Autoschlüssel hielt.

»Wie nett«, sagte sie und deutete auf das R am Schlüsselanhänger. »Können Sie mir sagen, wo ich so einen kaufen kann?«

Lemorne dachte nach. Er lächelte und zog die Schultern hoch. »Ich bin Vertreter dafür«, sagte er und fragte sich, ob sie mit dem Wort *représentant* etwas anfangen könne. »Ich verkaufe die Dinger, ich habe den ganzen Wagen voll davon.«

»Wirklich?« In ihren Augen erschien eine Idee. »Kann ich vielleicht einen kaufen? Auch einen mit einem R?«

Er sah sie an und seufzte. »Warum nicht.«

»Ja? Was kostet er?«

»Neun Franc fünfzig«, sagte Lemorne.

Er trank seinen Becher leer, warf ihn in den Abfalleimer und winkte ihr, ihm zu folgen. Er hörte ihre Schritte hinter sich.

Bei seiner Wagentür blieb er stehen, sie beim Anhänger, da sie wohl dachte, die Schlüsselanhänger wären darin.

»Neinnein«, sagte Lemorne und zeigte auf die Rückbank, auf der noch immer der Karton mit den Fliesen stand. J.-J. MONTMÉJEAN – AUTUN – TUILIER stand darauf. Neben dem Karton lag die Armschlinge. Aus einer Falte ragte der Pfropfen der Flasche heraus.

Sie standen nebeneinander. Links parkte der große Lastwagen, rechts war ein Wohnwagen angekommen. Sein Wagen schien in einer schmalen Gasse zu stehen.
Lemorne öffnete seine Tür, beugte sich zur Rückbank und richtete sich wieder auf. »Ziemlich schwer«, sagte er und deutete auf den Karton. »Es ist am einfachsten, wenn Sie kurz einsteigen.«
Er deutete auf die andere Tür. Und in ihrem Gesicht sah er den dunklen Schatten, den Anflug von Mißtrauen.
»Ein R?« fragte Lemorne.
»Ja.« Sie ging um den Wagen herum, die Dosen in der Hand. Er streckte den Arm zur Rückbank aus; bevor sie an der Tür war, hatte er die Flasche schon umgedreht und den nassen Pfropfen in der Hand. Sie setzte sich und drehte sich zum Karton.
»Entschuldigung, einen Moment«, sagte Lemorne, und er streckte den Arm hinter ihr aus. In einem plötzlichen wilden Aufatmen federte sie von ihm weg; Lemorne beugte den Arm und drückte ihr die Hand ins Gesicht, zitternd und kräftig.
Sie spannte den Rücken an wie eine Turmspringerin auf dem Brett kurz vor dem Sprung – dann ließ

sie ihre Dosen fallen und rutschte den Sitz entlang hinunter.
»Hab dich«, dachte Lemorne.
Er drehte den Zündschlüssel und fuhr vom Parkplatz, auf die Autoroute du Soleil.

4

Am ersten Tag konnte noch nichts dasein, aber Rex ging doch nachsehen. Zu Fuß und ohne Regenschirm, auch wenn es leicht regnete. Es war ein Gedenkgang, und so etwas unternahm man aus eigener Kraft und ohne sich vom Himmel abzuschirmen.

Er wohnte in einem Häuserblock am Rand von Buitenveldert, dicht am anderen Ufer des Kanals, der bei seiner Geburt noch die Grenze zu Amsterdam gewesen war. Der Spaziergang führte ihn über einen breiten Boulevard, auf dem eine Stille herrschte, die die Städteplaner nicht beabsichtigt haben konnten, und an der Stelle vorbei, wo er als kleiner Junge dem Start eines Luftballonwettflugs zugesehen hatte. Später war an derselben Stelle die Schule emporgewachsen, auf der er, und auch schon wieder vor mehr als zwanzig Jahren, seine Abschlußprüfung gemacht hatte.

Er überquerte die Brücke zu einer ruhigen, ordentlichen Gegend mit teuren Mehrfamilienhäusern und Straßen, auf denen alle Autos stillstanden. In einer der Straßen war ein Postamt, mit einem separaten Eingang für die Postfächer.

Das Fach von Rex war in Augenhöhe, aber nachdem er es geöffnet hatte, steckte er auch noch den Arm in voller Länge hinein.

Nichts da, und er ging zurück. Es war ein angenehmer Spaziergang, insgesamt nicht länger als eine halbe Stunde, und er beschloß, an den nächsten Tagen auch zu Fuß zu gehen.

Als er wieder an seinem Schreibtisch saß und arbeitete und ab und zu aufstand, um aus dem Fenster zu starren, sah Rex plötzlich etwas, weswegen er sich die Augen reiben mußte. Genau unter seinem Fenster stand ein großer gelber Kombi, und in den Schmutz auf der Motorhaube stand geschrieben: REX ICH MAG DICH SANDRA.

»Mein Gott«, dachte Rex, »die erste Nachricht kommt von ihr.«

Es war ein sehr auffälliger Wagen, er hatte ihn nie zuvor gesehen. Rex trat etwas zur Seite, bis er das Nummernschild sehen konnte: Normal, ein Niederländer.

Ein kalter Schauder blieb aus, so gern er ihn auch gehabt hätte. Acht Jahre waren genug gewesen, um sich an derartige Erscheinungen zu gewöhnen. Als er einmal durch die Gegend gekommen war, in die er mit Saskia hatte fahren wollen, als sie verschwand, waren dort am Straßenrand zahlreiche Wände weiß gestrichen, mittendrauf ein großes rotes Fragezeichen. Sonst standen da nur Zahlen drauf, immer die gleichen: 75.07.29, mit Punkten dazwischen, als befürchte jemand, man könnte sie nicht als Datum erkennen. Es wich in einem Tag von ihrem Verschwinden ab – es war die Telefonnummer der Werbeagentur, die die Wände vermietete.
Da war auch einmal eine Maus gewesen, die stand auf die Vorderbeine gestützt an der Schaufensterscheibe einer Zoohandlung und sah ihn so lange und durchdringend an, daß Rex die Sicherheit schmerzte, mit den Augen der Maus sähe ihn auch Saskia an.
Aber wenn man bereit war, so etwas nicht zu eng zu sehen, waren solche Hinweise tägliche Kost. Der Kilometerstand an der TOTAL-Tankstelle, das Geburtsdatum, das Datum ihres Kennenlernens und das Datum ihres Verschwindens tauchten immer wieder leicht entstellt in seinem Leben auf; in der Zeitung stand eine Heirats-

anzeige von Rex und Saskia; er träumte schwer von einem Sohn flüchtiger Bekannter und entdeckte, daß er am Tag ihres Verschwindens geboren worden war.

Teurer als alle diese Hinweise, abgesehen von seinem Traum vom goldenen Ei, war ihm eine große hölzerne Wäscheklammer, die als so ziemlich letzter Mohikaner von Saskias Bemühungen um seinen Haushalt übriggebliebenen war und die er noch für den Zweck gebrauchte, den Saskia ihr gegeben hatte: zum luftdichten Zukneifen angebrochener Chipstüten.

Rex arbeitete weiter, und als er später am Tag noch einmal nach dem Kombi sah, stellte er fest, daß er etwas übersehen hatte. Auf der Motorhaube stand auch, hingeschmiert: WENN ICH DIES SCHREIBE KOMMEN KRATZER INS GLÜCK.

»Jesus, was ein schöner Satz«, dachte er. Ihm sprangen Tränen in die Augen. Wer erlebte das schon, daß so ein schöner Liebesbrief unter seinem Fenster geparkt wurde? Eine große poetische Wahrheit: Das Bekennen der Liebe macht sie kaputt. Und abgesehen von Saskia und dem Kontakt, den sie vielleicht von ihrem unbekannten Aufenthaltsort aus aufnehmen wollte: Rex war sofort verliebt in diese Sandra.

Aber wer war sie? Er kannte niemanden, der so hieß. War sie eine der frustrierten Frauen um die dreißig, die, genau wie er, den ganzen Tag allein in ihrer Wohnung saßen? Die sah er doch eher zu flüchtigem Sex mit einem, der sie anrief, imstande, als zu Poesie auf einer Motorhaube.

Konnte es das ungefähr fünfzehnjährige Mädchen sein, das er manchmal auf dem Außengang sah und das er insgeheim »das Lachtäubchen« nannte? Indem sie sich einmal kichernd abgewendet hatte, als er ihr mit einer Freundin auf der Straße begegnet war, hatte sie zu erkennen gegeben, daß er zumindest in ihren Gedanken herumspukte.

Woher wußte sie überhaupt, wer sie auch sein mochte, daß er Rex hieß? An seiner Tür stand R. Hofman. War die Botschaft überhaupt für ihn? Vielleicht war sie für einen Rex in Utrecht geschrieben, und der Wagen machte eine Rundreise, stiftete vor allen Häusern Verwirrung, in denen ein Rex wohnte. Aber so viele Rexe gab es nicht. Und die Botschaft war frisch, sie war noch nicht mit neuem Staub bedeckt.

Plötzlich verspürte Rex ein heftiges und körperliches Verlangen nach dieser Sandra. Sollte er KOMM DOCH

RAUF auf die Motorhaube schreiben? Angenommen, es war das junge Mädchen und ihre Eltern sahen ihn dabei? Nein: *Sie* wußte, wer *er* war, nicht anders herum – wenn sie etwas vorhatte, mußte sie auch den nächsten Schritt tun.

Jedenfalls konnte ihm der Tag nicht mehr verdorben werden, und guter Stimmung arbeitete Rex an seinem Artikel über Cantor weiter, den deutschen Mathematiker des neunzehnten Jahrhunderts, den er für die populärwissenschaftliche Jugendzeitschrift schreiben sollte, deren Mitarbeiter er war.

Ab und zu schaute er aus dem Fenster, ob der gelbe Wagen noch da stand, und zum Spaß schrieb er auf die »Frauenseite« seines Notizbuchs unter die Rubrik »evtl. anm.«: Sandra.

Am zweiten Tag war nichts in seinem Postfach.

Am dritten Tag waren drei Briefe darin. Einer davon, in kindlicher Handschrift, war mit Sakia unterschrieben. Ärgerlich doch, die Geringschätzung der Franzosen für die richtige Schreibweise ausländischer Namen. Der Brief war acht Seiten lang und begann mit einer pornographischen Schilderung von Sakias Erfahrungen in einem Bordell. Rex las den Brief nicht zu Ende. Der zweite Brief war von einem Hellseher aus Autun, der vorhersagte, er würde Saskia in einigen Tagen wiedersehen. Rex wußte, daß Autun nicht sehr weit entfernt war von der TOTAL-Tankstelle, und er suchte den Ort auf der Karte. Er legte den Brief zur Seite. Der dritte Brief war von dem Wochenblatt *Photo-Vie*, das ihm fünftausend Francs für die Geschichte bot, falls er Saskia wiederfinden sollte. Rex antwortete, sie könnten eine eventuelle Geschichte über die Rückkehr gratis haben, wenn sie jetzt einen Bericht mit Bildern über ihr Verschwinden bringen würden.

Der gelbe Wagen stand noch da.

Plötzlich sah Rex, daß er den zweiten Satz die ganze Zeit verkehrt gelesen hatte. Da stand: WENN ICH DIES SCHREIBE KOMMEN KRATZER IN DEN LACK. Die Handschrift war bei genauerem Hinsehen auch anders als Sandras REX ICH MAG DICH, und die Buchstaben waren mit neuem Staub bedeckt, als wären sie früher geschrieben worden. Wahrscheinlich gehörten die Sätze nicht zusammen.

Sandra war also weniger nett, als er gedacht hatte, aber das wischte ihre Liebeserklärung nicht aus.

Jemand vom *Algemeen Dagblad* wollte aufgrund seiner Anzeigenkampagne in Frankreich ein Telefoninterview. Rex antwortete so ausführlich wie möglich, weigerte sich aber zu sagen, wieviel sie ihn gekostet hatte.

Lieneke rief an, um anzufragen, ob er es gewesen sei, der bei ihr geklingelt hatte, als sie gerade aus der Dusche kam, der aber schon weg war, als sie aufmachte. Nach ein paar Sätzen kam sie damit heraus, daß sie ihre Verabredung vorverlegen wollte. Sie hatten sich nach der unerfreulichen Rückfahrt nur einmal gesehen, vor ein paar Tagen eher zufällig in der Universitätsbibliothek, und sich dabei für zwei Wochen später verabredet. Ihre Stimme klang traurig, was Rex sehr unangenehm war. Sie kam noch am gleichen Abend, und sie hatten ein langes und liebes, fast verliebtes Gespräch. Sie blieb über Nacht.

Am vierten Tag, einem Donnerstag, stand das gelbe Auto noch da. Auf derselben Stelle, genau unter seinem Fenster.

Lieneke war mit dem Fahrrad gekommen, und sie ging den Weg zur Post mit ihm zu Fuß. Auf dem windigen Parkplatz kam ihnen die vermeintliche Sandra vom

Außenkorridor entgegen. Rex schaute sie eindringlich an, und sie schaute ohne Furcht und Verlegenheit zurück. Er war überrascht, wie schön sie war. Fünfzehn war sie auf keinen Fall, das hatte er wahrscheinlich vor einigen Jahren gedacht und nie mehr angepaßt.

Sie ließ sich nichts anmerken. Für den Fall, daß sie Sandra war, fand Rex es ein bißchen störend, daß er Lieneke jetzt bei sich hatte.

Sie gingen noch einen Kaffee in einem Stehcafé trinken, und Rex kaufte ein *Algemeen Dagblad.* Der Artikel stand auf Seite zwei, mit einer starken Verkleinerung der französischen Anzeige daneben und, drei Spalten breit, einem Bild von Saskia. Wie schon oft erlebte er den rasendschnellen Ablauf seiner Gedanken: Mein Gott, was für eine schöne Frau – Saskia! – sie ist fort.

Es war das Bild, das auch vor acht Jahren in allen Zeitungen war und das er nun wieder für seine Anzeigen gewählt hatte: das Foto in einem Straßencafé in Paris, am Morgen, bevor sie verschwand, die letzte Aufnahme von ihr. Im Sieben-Achtel-Profil, und mit weisem Lächeln sah sie Rex an, als führe sie etwas im Schilde. Die Unterschrift lautete: ... *zwei Dosen ...*

Unter der Überschrift FRANZÖSISCHE SUCHMELDUNG FÜR VERSCHWUNDENE FREUNDIN wurde die Geschichte ihres Verschwindens noch einmal erzählt, verkürzt und fehlerhaft. Es wurde doch ein Betrag genannt, den er für die Anzeigen gezahlt haben sollte. *Der Preis: etwa 80 000 Gulden. Dafür hat er sich tief in Schulden stürzen müssen. Und die Hoffnung? ›Gleich Null‹, sagt Hofman. ›Es ist eine Hommage.‹*
Er ließ Lieneke den Artikel lesen. Sie nickte, als sie ihn gelesen hatte, und gab ihn ohne Kommentar zurück. Rex fand es plötzlich ziemlich grob von sich, daß er die Zeitung gekauft hatte, während sie noch bei ihm war.
Sie verabschiedeten sich, und Rex ging zu seinem Postfach. Diesmal waren siebzehn Briefe aus Frankreich darin.
Zu Hause schlug er in seinem Notizbuch wieder die Frauenseite auf. Unter die beiden Namen in der Rubrik »available« schrieb er: Lieneke. In der Rubrik »evtl. anm.« strich er Sandra durch und schrieb statt dessen:

»Außenkorridor-Sandra« }
»Motorhauben-Sandra« } I ?

Auf einem Zettel schrieb er die Namen Saskia und Sandra untereinander. Gleichviel Buchstaben. Gleiches Initial. Gleicher zweiter Buchstabe, gleicher sechster Buchstabe. Strich man die gleichen Buchstaben durch, blieben NDR und SKI übrig.
Rex schaute sich die Buchstaben eine Weile an und schrieb dann: DR. NIKS. Und danach: KIND R&S.
Er las seine französische Post. Es waren noch zwei Briefe von Wochenzeitungen dabei. Sie boten den gleichen Betrag wie *Photo-Vie,* und Rex antwortete mit dem gleichen Brief.
Etliche Briefschreiber hatten Saskia vor kurzem irgendwo gesehen. Rex fragte sich, ob er allen einen Dankesbrief schicken sollte: Ohne Identifizierung waren die Beobachtungen wertlos. In einem Brief wurde die Adresse einer Apotheke in Avallon genannt, in der Saskia als Assistentin arbeiten sollte. Avallon war nur zehn Kilometer von der TOTAL-Tankstelle entfernt, und er schrieb an die Apotheke und bat um nähere Informationen und ein Foto von jener Assistentin.
Ein paar Hellseher und Privatdetektive boten in unpersönlichen Prospekten ihre Dienste an. Eine Frau aus Fontainebleau schrieb, sie wäre einmal tagelang von einem

Mann verfolgt worden, der mit seinem Wagen im Schrittempo immer hinter ihr hergefahren sei und »Kätzchen, komm, komm« gerufen habe.

Es war auch ein Brief vom Fahrer des AMADDEI-FRERES-Lastwagens dabei, den Rex vor acht Jahren bei der polizeilichen Rekonstruktion kennengelernt hatte. Der Mann schrieb, daß es ihm gut gehe, fragte nach Rex' Gesundheit und wünschte ihm Glück bei seinen Nachforschungen.

Rex holte das Bild des Lastwagens noch einmal heraus: sein Polaroid. Die offizielle Rekonstruktion hatte ergeben, daß es tatsächlich in dem Moment gemacht sein konnte, als Saskia mit den Dosen herauskam. Die Tür des Serviceshops war nicht mit drauf, genau von der Motorhaube des Lastwagens dem Blick entzogen.

Wie immer stieg eine alte, etwas beschämende Erinnerung an eine Radiosendung für Jugendliche in ihm auf, in der über eine neue Flüssigkeit berichtet wurde, die man auf ein Foto sprenkeln müsse, um sehen zu können, was eine Sekunde später geschehen würde. Die ersten hundert Einsender bekämen ein Fläschchen gratis. Er war neun und hatte sofort eine Karte geschickt und die Antwort erhalten, daß es ein Aprilscherz gewesen sei; der Sender würde sich freuen, wenn er Mitglied des

Jugendclubs werden würde. Und zum soundsovielten Mal sah er sich das einzige andere Bild an, das bei den Nachforschungen aufgetaucht war: Zwei Kinder mit RICARD-Schirmmützen auf und unscharf, über den Tankdeckel seines Wagens gebeugt: er selbst.
Er schob die Bilder zur Seite und starrte auf die Buchstaben NDR und SKI auf seinem Zettel. Man konnte auch DRINKS daraus kombinieren.
Plötzlich beschlich ihn ein böser Gedanke, und er ging zum Fenster. Er hatte es geahnt: Der gelbe Kombi war weg. Rex warf sich schnell die Jacke über und suchte eine halbe Stunde lang die Parkplätze vor den Häusern der ganzen Gegend ab, aber der Wagen blieb verschwunden. Als ihm klar wurde, daß er sich die Nummer nicht notiert hatte, machte er sich Vorwürfe – ein unbegreiflicher, nicht mehr gutzumachender Lapsus.
Diese Erkenntnis gab ihm ein bleiernes Gefühl, und er wußte, daß es mit der Arbeit nichts mehr würde. Cantor müßte eben warten. Am liebsten hätte er sofort Lieneke angerufen, aber so kurz nach ihrem Wiedersehen durfte er sie nicht dafür mißbrauchen. Und auf die beiden anderen Frauen der Rubrik »available« hatte er keine Lust.
Später am Abend rief er eine der beiden an.

Sobald er am nächsten Morgen wieder allein war, schrieb er einen Brief an Lieneke. Er ließ seiner Melancholie freien Lauf, ohne ihr einen konkreten Vorschlag zu machen.

Als er den Brief bei seinem Postamt in den Kasten geworfen hatte und zu dem schmalen Gang ging, um sein Postfach zu leeren, kam mit halb erhobener Hand und direktem Blick ein Mann auf ihn zu. Ein ungefähr fünfzigjähriger Herr, hochgewachsen und gepflegt, angenehm und zugleich gebieterisch. Er hatte kurze, graublonde Haare und trug einen faltenlosen beigen Regenmantel, der Prototyp des amerikanischen Präsidentschaftskandidaten im Wahlkampf.

Rex' Herz begann gewaltig zu schlagen, wie damals, als er den Film von einer echten Exekution gesehen hatte.

Und dann erkannte er ihn.

Es war der Mann mit der Armschlinge.

»Sie sind Rex Hofman?« fragte er.

»Ja«, sagte Rex.

»Sprechen Sie Französisch?«

»Ja.«

»Raymond Lemorne«, sagte er. »Ich habe Ihre Anzeige gelesen.« Er streckte die Hand aus, und mit dem Respekt, der diesem Mann als Beteiligtem an seinem Abenteuer zukam, ergriff Rex sie – die Berührung jagte ihm einen Stromstoß durch den Arm. Er hatte ihn vor acht Jahren nicht länger als ein paar Sekunden gesehen, aber der Zipfel seiner Schlinge, der wie eine neugierige weiße Nase aus jenem anderen Foto hervorstach, hatte dieses Gesicht für alle Zeiten in sein Gedächtnis gebrannt.

Ja, natürlich, der Arm war jetzt wieder in Ordnung. Warum war der Mann gekommen, warum hatte er nicht wie die anderen geschrieben?

»Wissen Sie etwas von ihr?«

»Ja.«

Sie hatte diese Stimme auch gehört. Es klang beinahe so, als sei sie bei ihm, als gingen sie nun zusammen in ein Restaurant, wo Saskia auf ihn wartete. Sie war in Schwarz, als wolle sie ihr Bedauern über ihre nicht mehr gutzumachende Abwesenheit ausdrücken, und sie war wirklich ein bißchen älter geworden, halb eine Dame von dreiunddreißig, aber auch immer noch halb die übermütige Sexbombe. Sie war heiter und warm, froh, ihn zu sehen, und sie hatte ihm eine Flasche eines exotischen Getränks mitgebracht, ungenießbar, versteht sich, aber mit viel Liebe wegen des schönen Etiketts ausgesucht …

»Ich möchte in meinem Wagen reden«, sagte der Mann.

»Ist sie tot?« Rex hörte sich *mort* sagen anstatt *morte*, er hatte ein Gefühl, als sei Grammatik respektlos.

Lemorne machte eine Handbewegung und ging zu einem Wagen mit französischem Nummernschild, der vor der Post geparkt war. Er öffnete Rex die Tür, ging um den Wagen herum und stieg ein.

»Ist sie tot?«

»Ja.«

»Ja«, sagte Rex.

Der Mann schaute theatralisch vor sich hin, die Arme ausgestreckt am Lenkrad, ein Blick, den er vor dem Spiegel geprobt haben konnte – so wie alles, was er sagte, sich wie eine auswendig gelernte Rolle anhörte. Eine Angst, die in den letzten Jahren quälender geworden war, fiel von Rex ab: die Angst, der Mörder selbst könne auch tot sein, das Rätsel auf immer unlösbar.

Von sehr weit her, so weit wie der Müllwagen, der vor ihrer Nase stand und in den zwei junge Männer in eleganten, langsamen Bogen Müllsäcke warfen, kam die Erkenntnis, daß er diesen Mann ins Gesicht schlagen müßte. Aber das war ein absurder Gedanke. Dies war ein

Bote Saskias, die höchste Autorität, der er jemals begegnet war.
Lemorne startete und fuhr an, ohne Rex etwas zu fragen.
»Wohin fahren wir?« fragte Rex. »Hier liegen Briefe, die ich abholen muß.«
»Ich möchte mit Ihnen an einem ruhigen Ort reden. Ich bringe Sie später zurück, wenn Sie es wünschen.«
Er fuhr wie ein Fürst, gleichmäßig, ohne Schaltfehler, mit geometrisch sicheren Lenkbewegungen in den Kurven. Rex war von seiner Gegenwart überrumpelt. Vorbei an seinem Wohnblock fuhren sie zu einem Parkstreifen an einem Graben, gegenüber einem Tennisplatz ohne Netze.
Lemorne drehte seine Scheibe einen Spaltbreit runter, griff in die Tasche seines Regenmantels und hielt einen Schlüsselbund hoch. Rex erkannte ihn: die Schlüssel von damals, mit dem abgeschabten Leder.
»Was geht das schnell«, dachte Rex. »Es müßte kurz anhalten.«
»Ich kann sie Ihnen nicht geben«, sagte Lemorne. »Das werden Sie verstehen.«
Er steckte sie zurück in seine Tasche.
»Was ist mit ihr passiert?«

»Ich bin hergekommen, um Ihnen das mitzuteilen. Aber es gibt nur eine Möglichkeit, wie ich das tun kann. Indem ich Sie das gleiche erleiden lasse.«

Jemand mit einer Art Besen mit langen, krummen Fingern wie eine bettelnde Hand kratzte auf dem Tennisplatz Laub zusammen.

»Dann werde ich sterben«, sagte Rex.

»Ja.«

»Sie sind verrückt.«

»Das ist nicht relevant«, sagte Lemorne.

Sie schwiegen eine Weile. Abrupt, als hätte er in einem Buch nachgeschlagen, wie lange jemand braucht, um so etwas zu verarbeiten, fuhr Lemorne fort.

»Ich kann es Ihnen nicht anders anbieten. Ich will mein Leben fortsetzen, wie es jetzt ist. Sie können gehen und sich meine Nummer aufschreiben, ich habe Ihnen übrigens meinen richtigen Namen genannt. Ich versichere Ihnen, mir ist nichts zu beweisen, niemand wird etwas finden können, und ich werde dann auf immer schweigen. Es gibt ein anderes Risiko, das ich eingehe. Sie könnten mich töten. Ich erkenne Ihr Recht dazu an. Aber Ihre Anzeige hat mich davon überzeugt, daß Sie alles dafür geben würden zu erfahren, was geschehen ist.

Darum habe ich beschlossen, Ihnen diese Chance zu geben. Jede Abweichung von meinen Anweisungen wird mein Angebot beenden. Ich fahre zurück nach Frankreich, mit Ihnen oder ohne Sie. Es ist Ihre einzige Chance. Ich gebe Ihnen fünf Minuten Bedenkzeit.«

»Ich fahre mit«, sagte Rex.

»Gut.« Er legte seinen Sicherheitsgurt an und fuhr los.

Erstickt lag Rex in den komfortablen Polstern.

Unbeweglich, die Arme ausgestreckt wie das Standbild eines Kutschers und genauso schweigsam fuhr Lemorne nach Süden. Sein Wagen lag perfekt auf der Straße, die Tachonadel, die bei hundertvierzig stand, war nahezu der einzige Hinweis darauf, daß sie sich bewegten.

Es wurde dunkel.

Da saß er also, dieser Mann, an den er so viele Jahre gedacht hatte, ohne zu wissen, wie er aussah. Ab und zu nahm er aus einer Packung, die im Handschuhfach stand, einen waffelartigen Keks, den er knisternd aß, wobei er im ganzen Gesicht nur die Lippen und die Nase bewegte.

Rex rauchte. Er war diese Strecke zu oft gefahren, um darin noch die Straße von damals sehen zu können, aber bei einem Viadukt kurz hinter Roubaix kam unerwartet eine Erinnerung auf, die auf diese Reise gewartet hatte. Hier hatten sie »Tiere mit einem P« gespielt, und sie hatte lange behauptet, vielleicht bis zur ersten Mißstimmung an jenem Tag, daß es ihren Pruter wirklich gäbe. »Den ißt man Weihnachten! Es ist eine Art Puter!«

Lemorne hatte gesagt, er hätte fünf Minuten, sich zu entscheiden, aber das war natürlich Unsinn. Er hatte Stunden, er könnte an einer Tankstelle aussteigen, an der Grenze, bei den Mautstellen der Autobahn. Er konnte es jetzt noch. Blufffte Lemorne? Er hatte die Schlüssel. Bewiesen die etwas, wenn er sie ihm abnahm? Vielleicht, *daß* er etwas getan hatte, aber nicht, was er getan hatte. Oder würde eine einfache Untersuchung schon ans Licht bringen, was er mit Saskia gemacht hatte? Vielleicht nicht – und wenn Lemorne schwieg, hätte er die Chance verspielt, es jemals zu erfahren.

Er mußte nachdenken.

Die Zeit drängte, jetzt waren sie schon an Paris vorbei. Aber er schien die Kraft für diese Überlegungen nicht aufbringen zu können. Es gab nur eins, was zählte: zu wissen, was mit Saskia geschehen war. Die Befriedigung dieses Verlangens würde zusammenfallen mit der Vernichtung des Befriedigten, aber eigentlich war das schön

so. Sandra hatte ihn darauf vorbereitet: Wenn ich dies schreibe, kommen Kratzer ins Glück.
Ab und zu aß er etwas aus dem Karton, den Lemorne auf seiner Seite hingestellt hatte. Es waren vier in Cellophan verpackte Sandwiches darin, zwei mit Huhn und zwei mit Käse, alle vier mit einem Salatblatt dazwischen, zwei winzige Stückchen Schmierkäse in Hotelverpackung, ein Klecks Senf, zwei kleine Kartons mit Erfrischungsgetränken, Strohhalme, eine Mandarine, ein Golden-Delicious-Apfel, eine Tafel Schokolade, Servietten. Wie krank mußte das Gehirn sein, das imstande war, so ein Lunchpaket für eine solche Reise zusammenzustellen? Und wie krank war sein eigenes Gehirn, daß sich eine leichte, aber nicht auszuräumende Verärgerung darüber einschlich, daß Lemorne diese Waffeln hatte und er nicht?
Rex erinnerte sich an einen Artikel, den er einmal für seine Zeitung übers Fallen geschrieben hatte, mit Aussagen von Menschen, die den Fall aus einem Flugzeug überlebt hatten. Keiner von ihnen hatte Angst gehabt. Man war gelassen gewesen, neugierig, und vor allem bei klarem Bewußtsein.
So fühlte er sich jetzt auch: bei absolut klarem Bewußtsein. Ihn überkam eine Ruhe und ein Gefühl der Voll-

kommenheit, das er von ganz früher her kannte, aus der Zeit, in der er Gedichte schrieb. Höchstens ein paar Mal war für ihn dabei die Frage nach dem Sinn oder Erfolg oder gar nach Schönheit und Aussagekraft in den Hintergrund getreten – und übrig geblieben war die erregende Erkenntnis, daß er etwas *nachvollzog*; daß er endlich tat, was eine sehr hohe Instanz von ihm verlangte, und daß er die schwere Verantwortung trug, das auch weiterhin Schritt für Schritt zu tun.

Die Autobahn begann die Form anzunehmen, die sie in Saskias Rätsel hatte.

Da war das Schild: TOTAL 900 Meter, und über der Böschung das Weiß und die Lichter der Tankstelle. Rex war seit der Rekonstruktion nicht mehr hier gewesen. Er war wohl mal vorbeigefahren, aber dann hatte er geradeaus geschaut.
Lemorne verringerte das Tempo und fuhr hinter dem Minimarkt zum großen Parkplatz an der Wiese. An ihrem Ende hielt er an. Hier war niemand. Sie stiegen aus, von der Rückbank nahm Lemorne eine Thermosflasche mit Blumenmuster.

Es drang zu Rex durch, daß er die ganze Zeit den Gedanken gehabt hatte: Da komme ich raus. Aber wie? Er bekam Angst. Er erkannte alles wieder. Er atmete die frische Abendluft ein, vergaß für einen Moment Lemorne, ging auf die Wiese. Den kleinen Wall ohne rauschenden Gebirgsbach gab es noch. Er stellte sich darauf und schaute zum Minimarkt und zu den Zapfsäulen. Die Milchstraße aus Kronkorken und Papierchen erstreckte sich noch genau wie in jener Nacht, als kümmere sich jemand jahrein jahraus darum, daß die richtige Anzahl Korken und Papierchen dalag.
Er drehte sich zur Seite. Lemorne stand unter ihm, am Fuß der kleinen Erhebung. In einer Hand hatte er die Thermosflasche, mit der anderen reichte er Rex einen Plastikbecher.
»Trinken Sie«, sagte er.
Eine einfache, große Angst breitete sich in Rex' Magen aus. Er war verwirrt – er würde wahrscheinlich gefoltert werden, wie viele Sekunden hatte er noch, um die Chance zu berechnen, daß Lemorne auf andere Art gezwungen werden könnte, sein Geheimnis preiszugeben?
»Was ist da drin?«

»Ein Schlafmittel. Es dauert eine Viertelstunde, bis es wirkt. In der Zeit werde ich Ihnen den Anfang erzählen. Trinken Sie.«

»Trinken Sie«, sagte Lemorne.

Rex hatte entsetzliche Angst – daß Lemorne weggehen könnte. Er schaute auf den Becher in seiner Hand. Er würde ihn an den Mund setzen, aber jetzt hatte er ihn noch in der Hand. Seltsam, dieses *jetzt,* sosehr man auch *jetzt* dachte, es ging vorbei. Es war genau wie früher, wenn er Saskia nachschaute, nachdem sie ein Wochenende bei ihm gewesen war und am Montag früh mit dem Fahrrad davonfuhr. Sie winkte, stieg auf, winkte noch einmal, und fuhr dann die Straße hoch. Dann drückte er die Wange an den äußersten Winkel des Fensters und dachte: »Jetzt sehe ich sie noch. Und jetzt auch noch. Und jetzt immer noch!« Aber wie angestrengt er das auch dachte, es brachte sie nicht zum Stehen, und während er noch sein letztes *jetzt* dachte, war sie verschwunden.

Er trank. Es war schwarzer Kaffee mit Zucker, heiß und bitter.

Er gab den Becher zurück. Lemorne schaute hinein und erzählte, was passiert war, von dem Moment an, als Saskia ihn um Wechselgeld gebeten hatte, bis zu dem Augenblick, als er mit ihr von der TOTAL-Tankstelle weggefahren war. Rex erkannte sie wieder. Lemorne erzählte langsam, er stockte nie, ein nüchterner Bericht ohne Schadenfreude: So hatte er gehandelt, so hatte sie reagiert, das hat sich daraus ergeben.

Die Geschichte war zu Ende, Lemornes Schlafmittel wirkte noch nicht. Rex erinnerte sich an etwas; er drehte sich um und zählte die Zaunpfähle. Neben dem achten Pfahl kniete er nieder und nahm den Kieselstein weg, der am Betonsockel lag. Im schwachen Licht der Tankstelle und der Fernstraße sah er den matten, doppelten Glanz der beiden Münzen.

Er legte den Stein zurück.

Er setzte sich wieder auf den kleinen Hügel, und während er zu den schwarz gewordenen Buchstaben TOTAL auf der Überdachung hinüberschaute, wartete er, bis er schläfrig wurde.

Auch Lemorne wartete – wie ein zivilisierter Mensch auf den Bus wartet.

Rex träumte, daß er in einem Restaurant saß. Ihm gegenüber saß Saskia. Er kannte sie nicht, aber er wußte, daß sie es war. Alles würde beginnen. Es war ein Restaurant in grauen Tönen, mit spärlichem Licht. Sie hatte nichts bestellt, aber er bekam einen Teller voller Tennisbälle serviert. Als er einen aufschnitt, kam eine Ente heraus, die die Flügel ausbreitete und davonflog.

Rex wurde wach.

Er öffnete seine Augen, aber für das, was er sah, machte es keinen Unterschied: schwarz.

Er spürte, daß er allein war. Er schnappte nach Luft: Das war es also. Das mußte es sein, was mit Saskia passiert war. Wo war er?

Er lag im Schwarz, ohne etwas, auf das er seine Angst richten konnte. Er richtete sich auf, aber stieß sich die Stirn und fiel zurück. Er fiel weich und tastete mit den Händen seinen Körper entlang: Er lag auf einer Matratze. Eine Matratze für eine Person; die Ränder waren dicht neben ihm.

Es war kein Geräusch zu hören, die Luft war schwer und kalt.

Links neben der Matratze war eine Wand. Er wollte an seinen Kopf fühlen, ob er sich schlimm gestoßen hatte, aber bei der Bewegung berührten die Fingerknöchel etwas über ihm. Er tastete nach oben – es war kein Balken, an dem er sich gestoßen hatte, sondern eine Art hölzerne Decke, kaum zwei Handbreit über seinem Gesicht.

Er wußte es bereits. Es war zu schrecklich, es zu wissen.

Äußerst behutsam, um die Gewißheit noch hinauszuzögern, fühlte er nach rechts. Rechts war eine Holzwand. Am Kopfende war eine Wand. Am Fußende war eine Wand. Er schlug mit den Fäusten über und neben sich und er schrie, aber er hörte nichts, als verschlucke die schwarze Dunkelheit jeden Laut.

Gaahd!

Er lag in einem Sarg, lebendig begraben.

Daß Saskia das angetan worden war! Daß sie hier so gelegen hatte, flehend, daß er kommen sollte, um sie zu retten, zugleich wissend, daß er nicht kommen konnte …

Diese Einsamkeit!

Ruhig bleiben, dachte er, und eine zügellose Panik raste durch seine Adern, schneller als sein Blut. Ruhig bleiben, etwas tun, um sich zu beruhigen. Aber der Gedanke, daß das, was ruhig wäre, hier jämmerlich eingeschlossen sein

würde, machte ihn wahnsinnig vor Angst. Die Wände klemmten ihn ein, keine Hoffnung.
Wie lange lag er hier schon? Einen Monat? »Was, wenn ich nicht sterben kann«, dachte Rex, und er brach in Schluchzen aus.
Später merkte er, daß seine Angst mit ihm kämpfte und sich dazu in *seinem* Körper eingenistet hatte.
»Ruhig bleiben«, dachte er. »Ich liege hier eine Viertelstunde. Ich heiße Rex Hofman.« Als er daran dachte, wie lächerlich es war, an diesem Ort einen Namen zu haben, begann er zu lachen.

5

Als Lieneke Rex' Brief bekam, war sie beim monatlichen Putzen ihres Zimmers. Sie legte den Brief auf den Tisch und machte erst alles fertig. Zum ersten Mal seit langem räumte sie den Abtropfständer ab, spülte einige Teile nochmals, trocknete sie ab und stellte alles in den Schrank.

Danach setzte sie sich und las den Brief. Sie las ihn fünfmal hintereinander. »Unreifes, jämmerliches Geflenne«, dachte sie. »Ich liebe ihn, aber ich kann ihn doch nie von Saskia lösen.«

Wie sie reagieren sollte, wußte sie nicht. Sie rief einen guten Freund an, der Rex auch kannte, und der riet ihr, ihm zufällig zu begegnen. Sie hatte den Brief am Samstag bekommen und beschloß, damit bis zum nächsten Wochenende zu warten. Die ganze Woche über legte sie den Hörer neben die Gabel, wenn sie einkaufen mußte.

Freitag und Samstag ging sie in ein paar Cafés, in die er hätte kommen können, aber er kam nicht. Er rief auch nicht an. Sonntag rief sie ihn an. Er nahm nicht ab. Sie rief am Montag den ganzen Tag alle Viertelstunde an, mit dem gleichen Ergebnis. Sie fuhr mit dem Fahrrad zu ihm, wo sein Wagen auf der Straße stand und sie dumm anglotzte.

Sie zerschlug den Knoten und schellte, aber ihr wurde nicht geöffnet. Sie ging nach Hause und rief seine Eltern an, die überrascht waren, die Redaktion seiner Zeitung, wo man vergeblich auf seinen Artikel über Cantor gewartet hatte, und die Polizei.

Ein paar Tage später war Rex' Bild in der Zeitung. Zeugen meldeten sich, von denen die Frau, die am Freitag morgen von ihm weggegangen war, die letzte zu sein schien. Sie meinte, er habe »abwesend« gewirkt.

Rex Hofman war spurlos verschwunden. Die Tatsache, daß er gerade dabeigewesen war, mit Hilfe einer teuren Anzeigenkampagne in französischen Zeitungen seine vor acht Jahren verschwundene Freundin Saskia Ehlvest ausfindig zu machen, erregte Aufmerksamkeit. Eine Zeitlang erschienen Bilder von Rex und Saskia nebeneinander im Fernsehen und in Zeitungen und Zeitschriften.

Das blieb ergebnislos, genau wie eine erneute Untersuchung in der TOTAL-Tankstelle »Venoy-Grosse-Pierre«. Und auch in den hundertfünfundvierzig Briefen aus Frankreich, die schließlich unter seiner Postfachnummer ankamen, stand nichts, was ein wenig Licht auf sein Verschwinden oder das von Saskia werfen konnte.
Von keinem der beiden hat man jemals wieder etwas gehört – sie schienen vom Erdboden verschwunden zu sein.

Eva-Marie Liffner

Roman **Camera**

256 Seiten. € 19,90
Gebunden, mit Schutzumschlag.
ISBN 3-379-00798-6

Die Fotografin Johanna Hall erbt die Wohnung ihres Onkels Jakob. Dort findet sie alte Fotos von Kindern sowie Notizen, die auf grausige Geschehnisse schließen lassen. Daraufhin reist sie nach London, um Aufschluss über Jakobs Leben vor dem Ersten Weltkrieg zu gewinnen. Während seiner Fotografenlehre lernte er führende Persönlichkeiten der theosophischen Gesellschaft kennen, die bei ihren spiritistischen Sitzungen versuchten, auftauchende Geister zu fotografieren. Ihre Nachforschungen ergeben, dass Jahre später zahlreiche Kinderleichen am Ufer der Themse entdeckt wurden …

»Ein brillanter Krimi, in dem Fakten und Fiktion gekonnt gemischt werden.«
Brigitte

»Wer geschickt ineinander verwobene Geschichten liebt, der wird Vergnügen haben an diesem Krimi, der gleichermaßen in der Gegenwart und der Vergangenheit spielt. Das richtige Buch für den Chill-Out an einem heißen Sommerabend.«
Gert Scobel, *WDR 2*